研究寫作
の第一本書

如何寫作教育、人文與社會科學的論文

葉乃嘉◎著

Research Made Easy

五南圖書出版公司 印行

推薦序

　　根據臺灣的博、碩士學制規定，研究生必須撰寫論文並通過論文審查口試，方能取得學位，因此，研究方法與寫作常列為研究所必修課程。

　　我在臺大取得學位後，服務於明道大學，所開授的第一堂課即是研究方法，該課程最大的目的，就在於指導學生研究論文的寫作技巧。這個重大任務驅使我回想自己的研究歷程，自覺需要參考一些專業研究寫作的書籍，來建立自己的教學架構，以便使自己的教學更有系統，也讓初學的研究生能更容易地吸收專業知識。就這樣，我開始尋找適合的教材。

　　記得當時走進書局，面對一整櫃教導研究方法及論文寫作的書籍，我真的不知該如何下手。在花了三個小時檢閱了一本本研究方法的相關書籍後，發覺其中大多數不是缺乏完整架構，就是內容太過艱深，讓已取得博士學位並曾發表論文在SCI期刊的我都很難理解，更遑論初學的碩士生了，就在要放棄之時，卻找到了一本2008年出版、由葉乃嘉教授所撰寫的「研究方法的第一本書」，當時我覺得他的寫作方式簡單扼要、白話易懂、構架完整，並符合一般論文寫作的撰寫邏輯，非常適合碩士生使用，我便毫不猶豫地掏錢買下。

　　結果，那本書在我研究方法與寫作的課堂上發揮了很大的助益。而直到我進入明道大學任教兩個月後，才發現自己與葉老師原來是同事，實在深感榮幸。

　　《研究寫作的第一本書》是葉教授的另一本著作，全書分為兩

篇，共計十個章節。第一篇探討寫作論文如何開始，指導學習者文字經營的一般準則與論文寫法的特殊規則；第二篇涵蓋了寫作的實務，探討了論文計畫書的架構、論文的編修原則、量化資料的描述與分析原則，並提出了好用的電腦輔助論文管理方法。

　　《研究寫作的第一本書》內容務實、結構分明而且解說清楚，精煉了「研究方法的第一本書」的方式與技巧，很適合初學者，所以，當葉教授邀請我寫推薦序時，我便毫不猶豫地答應了

　　希望各位讀者也和我一樣，從這兩本書獲得幫助。

張源修　博士

明道大學景觀設計學系　副教授兼系主任

contents

推薦序　(3)

第一篇　研究寫作準則

第一章　論文該怎麼開始？又該寫成什麼樣貌？　3

只要開始就是好的開始　3

論文宜有的樣貌　5

寫作的心理——完美與因循　17

一、進退之道存乎一心　17

二、不要作繭自縛　19

第二章　文字經營的一般準則　25

少用被動語態　27

減少形容詞和副詞　28

少用長句　29

善用複述的原則　31

多用簡單易懂的字　32

防範語意上的謬誤　35

小心錯別字　39

注意數字的使用　41

本章習作　44

第三章　研究寫作的特殊規則　49

一律使用第三人稱　49

使用西元紀年及絕對指標　51

注意邏輯並釐清因果　54

平鋪直敘移除贅字　60

研究文字中宜有的避忌　66

　　一、避免不定數詞、量詞及加強詞　66

　　二、勿隨意使用縮寫及節略字　68

　　三、忌誇大不實　69

第四章　研究論述的文字校閱　71

文字校閱原則　72

文字校閱實例　78

本章習作　83

第二篇　研究寫作實務

第五章　研究寫作的始與終　91

如何選擇研究主題　92

如何寫作緒論　94

如何寫作結論　101

第六章　文獻回顧寫作指南　105

文獻回顧如何入手　106

文獻的數量與品質　110

文獻閱讀與分析　113

文獻資料的引用　122

本章習作　124

第七章 研究計畫書寫作指南 133

　題目 135

　摘要與關鍵詞 136

　　一、摘要 136

　　二、關鍵字詞表 140

　研究目的 141

　相關文獻探討 141

　研究內容描述 143

　　一、研究程序 143

　　二、具體工作項目與預期成果 145

　結果分析 147

　結論與其他 148

第八章 論文編修的原則與範例 151

第九章 量化資料的質性描述 173

第十章 電腦輔助論文管理 189

　目錄製作 190

　　一、以標題樣式建立目錄 190

　　二、從大綱層級建立目錄 192

　　三、目錄檢視與更新 195

　註腳標示 197

　索引製作 200

　　一、手動標記索引項目 201

　　二、以詞彙索引檔自動標記 203

　　三、刪除索引 207

　文獻檔案管理 210

Google 文獻引用工具 215

附　錄

一、標點符號的用法 220

句號、問號、驚嘆號 221

　　(一)句號的用法 222

　　(二)問號的用法 223

　　(三)驚嘆號的用法 225

逗號、分號、頓號、冒號 226

　　(一)逗號的用法 226

　　(二)分號的用法 227

　　(三)頓號的用法 229

　　(四)冒號的用法 231

引號、括號 232

　　(一)引號的用法 232

　　(二)括號的用法 235

其他標點符號 239

　　(一)破折號的用法 239

　　(二)省略號的用法 240

　　(三)連接號的用法 243

　　(四)書名號的用法 244

二、科學記號、數字字根和縮寫符號 245

三、參考資料常用縮寫字表 246

四、羅馬數字與阿拉伯數字對照表 248

參考資料 250

索　引 251

1

研究寫作準則

本篇提要

第一章　論文該怎麼開始？又該寫成什麼樣貌？

第二章　文字經營的一般準則

第三章　研究寫作的特殊規則

第四章　研究論述的文字校閱

第一章

論文該怎麼開始？又該寫成什麼樣貌？

本章提綱

◎只要開始就是好的開始

◎論文宜有的樣貌

◎寫作的心理 —— 完美與因循

　　一、進退之道存乎一心

　　二、不要作繭自縛

只要開始就是好的開始

　　就長篇的文字（如論文或專書等）的寫作來說，如果你終究是無法避免，最好的開始方式乃是「及早寫，靈感來了就寫」。心中有了一些概念就開始記錄下來，莫要等到資料蒐集完備才動手。很多時候，靈感稍縱即逝，你若一心要待面面俱到時才動手而沒有隨感隨錄，也許你永遠也沒有萬事俱備的時候。

　　隨時寫，隨手寫，你要是只有零零碎碎的時間，就零零碎碎寫一些；別想要等到有一長段完整的時間才寫，靈感與時間不一定能配合得恰到好處。就完整的文稿而言，要從無到有比較困難，但是，有了片段的東西以後，再從中整理出結構來就簡單多了，沒有初稿是不可能有完成稿的。持續寫，文思沒了就停下來，不用懊惱，寫累了就停下來，不用勉強。

　　想像你在一片廣大田野的某處撒了一些種子，你不妨畫一張備忘

的位置圖，以便下次來的時候能夠順利找到播種的位置，過後你可以常去探望和照顧它們，也可以就此把它們放下，任它們自生自滅一段時間，直到哪天想起來，才循著當時畫下的位置圖，去看看這些種子到底變成什麼樣子了。

　　把上述的說法比喻到靈感上面，靈感是斷斷續續的，有些稍縱即逝的想法也許有如吉光片羽，並不起眼，但這並不表示它不會在日後發展出更完整的結構。某些在腦裡某個角落的初步而原始的構想，可能在不知不覺中自動發展出完整的體系，下一回你翻開地圖找到它的時候，可能已經可以收成了。如果沒有地圖，你不會記得它的位置，它也許就會一直潛伏在那兒，等待你再度不經意地碰上，這一等可能就是很久，要是幸運的話，你可能一回想就碰上，要是不幸，你可能永遠也不再碰上。

　　因此，不妨養成身上帶筆記本的習慣，把腦中靈光一現的與寫作主題有關的片段記錄下來，當成腦中某些念頭所在地的地圖。那些念頭像種子，存在腦中的任何地方，沒有地圖的話，下一回就不知要到那裡去找回來。

　　從開始時的一些種子，到你再度造訪的時候，某些可能已經發芽，可能已經長得很好，有些甚至已經長出了完整的枝葉，業已枝繁葉茂。這種方式的創作就是充分利用了心靈的奧妙，靈感有自己的生命，你甚至不必刻意經營它，它也能自行吸收養分健康滋長，即使不經澆灌，也可能豐收，你只要知道去哪裡找它就好了。

　　就像你上課、開會、講電話或做一些雙手可以閒著的事時，拿起筆隨手塗抹，竟也可能畫出些滿像樣的東西。就像語言是思想的產物，說話時一般是先有思想，再轉換成語言，其中的轉換機構雖然複

雜，但話不經心就可以脫口而出，其中的奇妙不可思議。就像兩人辯論時，雖然已各自設定立場，但雙方在各自陳述己見的期間，都可能發展出一些前所未曾想過的論點，來支持己見，這些「天外飛來」的論點是從哪兒來的呢？

在這裡我要與讀者分享一個祕密：「在無路之處開出路來，就是意識的本質。」

在物理世界中旅行，所有的路線都已經鋪設完成，我們只是順著已完成的道路行進。物理世界的路是要先開闢才能走，沒路的地方我們是去不了的。物理世界的道路不管有多長，走著走著就會走到盡頭；不管有多複雜，只要時間足夠，就會走到原路上。而意識的旅行則不同，意識在出發前，並沒有開好的路，要先走了才有路，意識可以從沒路的地方開出路來。

所謂的「思路」，並不是一條固定通向某個目的的「路徑」，而是因為「思」而出現「路」。思是開路的動力，不思則無路。「思」到哪兒，「路」就開到哪兒，在「思」行進的方向是尚未有路的，而「思」行過之後則會留下一道軌跡，供往後運用。有時候思路真的有它自己的意識，帶你自然而然地走向正確的目標。

所以，你若問我要如何開始，我要說：

直接**開始就對了**。

 ## 論文宜有的樣貌

就像任何人不會把下面這段文字當成抒情文：

產業結構改變，也創造適合女性的工作機會，參與就業的婦女人數逐年增長，其所擔當的工作也逐漸深入核心。依國際勞工組織出版的《2004 年全球婦女就業趨勢》報告中指出，2004 年全球約有十二億零八百萬婦女就業，占整體就業人數四成。行政院主計處人力資源調查「男女勞動參與率」的結果（如表一），女性的勞動參與率由 1979 年的 39.23%，逐年增長至 2005 年 48.12%；男性勞動參與率則由 1979 年的 77.95%，逐年衰退到 2005 年的 67.62%，女性勞動參與的幅度成長 8.89%；男性勞動參與率則衰退了 10.33%，這也顯示出女性的社會參與及其所創造的社會價值愈來愈高。

　　以下這段放在研究動機裡的文字，我也不認為算得上是學術論文：

　　就讀＿＿＿＿＿＿＿師專時，曾加入國畫社研習二年，是筆者接觸水墨畫的開端。後向＿＿＿＿＿＿＿學習山水畫一年，是筆者真正進入水墨畫世界的階段。19＿＿＿＿＿年考入＿＿＿＿＿＿＿大學美術系進修，四年中學校沒有分組，素描、油畫、水彩、水墨、書法、設計、藝術理論、中西美術史等課程一一學習，雖然沒有專精的鑽研，但是在眾多老師的教導之下，讓筆者在各方面都扎下了相當的基礎，並使筆者的思考角度更寬廣，而不至於有所偏頗；尤其在水墨畫老師……的啟發之下，使筆者對水墨畫與書法方面特別喜愛。故 19

_____年畢業後，比較常畫水墨畫與寫書法；且先後向……學習書法，至今沉溺書法近二十年而不能自拔，曾多次參加國語文寫字比賽獲得前三名，在 20 _____ 和 20 _____ 年時，並入選「何創時書法基金會」傳統與實驗雙年展。20 _____ 年進入研究所進修，選修……。筆者出生在高雄鄉下農家，母親不識字，父親只讀到國小四年級，識字不多；因此，我們兄弟的名字，都恭請村中光德寺的師父命名。小時候，白天常去寺裡玩耍，晚上則跟著師父們拜佛唸經；幼稚園也在寺裡就讀。光德寺的佛像、佛殿、花草樹木等一景一物及寺內的師父們，皆成為筆者小時候生活中的一部分。所以，佛的因緣就在潛移默化中，深深地埋種在筆者心裡。長大後，看見佛的造像，恭敬之心油然而生；聽到佛的頌聲，歡喜之情傾然而出……

那麼，

學界所接納的究竟是什麼寫作格式？

必須使用固定標題嗎？

這個格式是誰基於什麼而制定？

我的答案是，任何研究論文皆有宜沿用的格式，這些格式規定了「論文應具備的元素」和「起承轉合的方式」，標題的使用當然也不宜天馬行空。研究者若依循一定的規格書寫，就能大體上保證論文格式的一致，這樣會方便讀者，他們會知道可以在論文的哪個部分找到哪樣的資料。

就像在西洋以刀叉取食的人們來到用筷子進食的地區，若要適

應，自然縛手縛腳。

　　但是，要求用固定的格式進行質性研究寫作，就像要人用筷子取食一樣，並沒有那麼不合理，如果能看得開一點，也許還會發現，有了一定的格式來規範，論文反而比較容易下筆。

　　學術社群所期望、接納的「寫作格式」正是本書企圖整理與提供的，這樣的期望是基於長久以來約定俗成的學術寫作習慣，其中理由不一而足，作者會盡量加以解釋，讓讀者知其然亦知其所以然。

　　在質性研究裡，感情在詮釋、理解乃至實踐的過程中有什麼的地位？

　　合格的學術論文不需要任何感情上的訴求來妨礙其客觀性，讀者也不需要論文中出現策動情緒的情節來影響們的判斷力。讀者與其以論文來體驗作者的感情變化，不如去讀其他以感情為訴求的文字。論文裡不需要激情的辯證，也不需要柔情的訴求，只需要平情的敘述。這就是論文與報導文學不同之處，論文不需要向報導文學靠攏。

　　任何學術研究的論述，都應該是理性的，在任何研究的行動與實踐過程裡，我們都可以帶入感情，但是在詮釋研究結果時，則應該盡量冷靜與客觀，雖然這對某些人可能是苛求，然而在撰寫論文時，一定得要盡量注意這點。

　　即使研究主題涉及了人性與感情，**研究者**所應做的，也只是觀察與記錄**研究對象**的感情，而不是發抒自己的感情。就算研究者本身也是研究對象，那麼在論文中描述自己的情感與情緒時，也該盡量客觀地用第三者的方式來記錄。這也就是本書在第三章第一節中建議，

不論是中英文的論文或研究報告都應使用第三人稱的方式來寫作的原因。

　　研究者如果在研究情境與過程中有所感觸，生出了非抒發不可的衝動，大可以把感觸另外記錄，然後以任何自認為適當的形式發表周知。

　　畢竟，比論文更容易流通且更容易感人的媒體所在多有，又何必一定得在論文中雜入個人的感情？

　　當然，在出版自由的社會中，由我們自己出版的專書裡，我們可以自由發揮，把感情放在、乃至提升到我們研究中的任何位置，完全不須經過評審置喙。

依循一定的寫作格式能保證優質的論文和研究報告嗎？

　　就像以下這個合乎**格式**但卻難知所云的例子，依循一定的寫作格式確實不能保證優質的研究報告：

> 　　本研究旨在探討財金系大學生以後設認知與創新及捷思力提出創意思考能力啓發的方案。本文以 R. J. Sternberg 的後設認知技能理論為基礎，融入後設認知學習理論，設計後設認知流程之財金教學案例，以展現創新與捷思力。使用發展的後設認知評量表為研究工具，此表的效度經過項目分析後，用因子分析驗證，其結果符合設計。捷思力評量工具是利用創新的觀點來設計，以評量工具性或內容性之捷思能力，其中數據分析是運用交叉表分析進行。研究結果，顯示若大學生後設認知能

力低，則創新思考能力就低，其捷思力能力也差。另一方面，高創新能力好之大學生，其後設認知能力不一定好。

　　但是，這仍然只是論文作者寫作能力的問題，非格式之過，難道不依循規定格式就能保證優質的報告嗎？

　　有學者表達了這些疑慮：

　　　　書寫是為了自我表達，如果為了迎合審查委員的口味而用比較被接受的書寫方式，豈不是自棄立場？為何審查制度暗示獨尊某種認識的方式呢？如果論文寫作必須依循一定的格式，這是否暗示寫作者的自我、感覺與價值觀也必須一致？課程規劃時要看重學生的文化與個人經驗，然而卻要教育研究者以無我、無情的方式來書寫研究的歷程與了解，豈不矛盾？研究報告不能以學術著作之名來掩蓋其敘述方式僵硬而內容沉悶之實，研究報告如果不是存心讓人閱讀、心有所感，繼而展開行動，那還有什麼意義[1]？

　　對於這些提問，我有些概括的感想如下：

　　制定論文寫作準則，就是為了避免論文受到寫作者主觀的感情影響而偏頗。任何人可以用任何方式歸類自己的學術著作，但只要將之歸入學術論文，須受他人審核及認定時，學術論文的格式就會找上我們，我們也許會碰上比較自由派的評審者，對我們的寫作方式較少質

1　整理自蔡敏玲（2001），〈教育質性研究報告的書寫：我在紀實與虛構之間的認真與想像〉，《臺北師範學院學報》，14，233-260。

疑，但是我們也有碰到遵循傳統者的機會，這時我們如果願意與其花上十倍的時間來抗議與爭辯而不願修正格式，決定權也在自己。

　　想像我們參加某服務行業（銀行櫃員或空服員等）的面試，該行業對員工的服裝儀容有所考究，要求員工穿著制服與維持固定的髮式，如果我們覺得那種穿著和打扮有礙自己的外型和風格而不願依從，大可選擇比較合乎我們個人風格的行業或公司去應徵。

　　再假設我們參加一個正式宴會，主辦單位在邀宴時就已經通知，請我們穿著正式服飾與會，我們如果願意參加，當然也就該尊重宴會的規定，不要穿得太過突兀，這是一種禮貌。我們如果嫌那種穿著太過束縛，當然可以向主辦單位表示意見，請他們通融。如果他們難以遵命，我們可以決定是否參加。而且開宴者不會只此一家，每家開宴者對與會客人服裝的要求當然不會一樣，我們大可不用執意質疑主辦單位的服裝規定是否合理。

　　又例如，課堂上不應飲食，這是一種約定俗成的規矩，學生在課堂上吃東西，有些老師會大為不快，要扣分乃至當人，有些老師就不太在意這個規矩。我自己在美期間就親眼見到美國同學與教授會談時，把腳架高，放在桌上或椅上，教授不以為忤。換成是我，則我不會喜歡學生或是任何人以腳底向我。這一點純屬個人好惡，並非強調師生之間的規矩要暗示獨尊某種認識的方式。

　　依循一定的格式寫作，可以大致保證哪樣的資料會出現在論文的哪個部分，這樣會方便讀者索引和閱讀，是一種體貼研究者的做法，倒沒想到僅只是依循一定的格式寫作，就能干預到寫作者的感覺與價值觀。依照規定的方式工作應該不至於嚴重到讓做同樣工作的人變得像裝配線上的產品一樣，有集體一致的實質和樣貌。

「看重學生的文化與個人經驗」和「以**無我、無情**的方式來書寫研究歷程與了解」之間到底矛盾何在，我確實在看不出來，就像在家做個慈愛的父親，在工作上做個一絲不苟嚴格的執行者，理應不至於造成人格上的矛盾。

　　研究論文**應該**採用「客觀」、「理性」的寫作態度，倒不用把「客觀」、「理性」膨脹成「無我」、「無情」。任何研究都難以完全「無我」，這是一個事實，質化研究之所以比較遭到質疑，就是因為有了較多的「我」，每一個「我」都不同，人言人殊，研究之無法定論，就是因為研究者**沒有**或**不願**放棄「我」的立場。

　　論文中不鼓勵用第一人稱寫作，並不是「禁止研究者在文本中現身」，反而是鼓勵他現身時處處考慮自己「研究者」的客觀立場，不時自省：「我現在發表的是研究結果，不是我的個人的情緒和觀感。」

　　情緒涉入論文寫作時可能會讓作者念念於伸張自己的意志，變得沒有辦法採用其他的立場，而這種立場由冷靜的旁觀者取來則比較容易。

　　請看下例原文的花俏寫法在修訂成不那麼誇張之後有沒有變得**無我、無情**？

「會主動追求自己所喜歡的男性」的女生占 44.01%

原文	建議修訂
本題所強調的是女性主動追求「**自己所中意的對象**」，跟「會採取主動的女性」有些不同，「中意的對象」確實很有激勵性，把女性的「主動意圖」一下就提高了將近十三個百分點。	本題所強調的是女性主動追求「**自己所中意的對象**」，跟「會採取主動的女性」有些不同，「中意的對象」確實有激勵性，把女性的「主動意圖」提高了將近

會主動追求自己所喜歡的男性的女生有多少？**我**在公佈此次的統計數字之前，請一位三十五六歲的女性做個估計，她的回答是：「大概有百分之十吧！」

聽到了正式數字竟是四倍有餘的百分之四十四時，她的驚愕真的是很難形容：「哇！不會吧？！我真的這樣落伍了嗎？」

相信男性不免有些竊喜：「這下可好了。」

當然也會有不少男性跟這位女士有同樣的驚嘆：「時代真的是不同了。」（249字）

十三個百分點。

研究者在公佈「會主動追求自己所喜歡的男性的女生」比例之前，請一位三十五六歲的女性做個估計，她的估計是 10%。聽到了正式數字是四倍有餘的 44% 時，這位受訪者表示驚愕，而對於此點有些男性可能竊喜，當然也可能會有男性跟這位女士有同樣的驚嘆。（197 字）

研究報告的目的十分多元，我在此且莫評述，而研究論文的目的則是在呈現事實，不是要感動讀者。話說回來，遵守質性研究報告的特定敘述方式，未嘗不能讓人讀來心有所感，也並不必然就會造成僵硬而沉悶的內容，而讓人難以卒讀，寫作能力不足才會。任何嘗試「以學術著作之名來掩蓋僵硬而內容沉悶的實質」者，必須為他們自己的寫作理念及能力負責，論文或研究報告的特定敘述方式不用代他們受過。

請看下例的原文在修訂成合乎質性研究報告的特定敘述方式之後，有沒有變得僵硬而沉悶得讓人難以卒讀？

原文	建議修訂
統計結果顯示： 在十六至二十三歲間初戀者為最大宗，男女都占了約二分之一。	統計結果顯示，在十六至二十三歲間初戀者為最大宗，男女都占了約二分之一。

十五歲前初戀的女性將近百分之二十二，而男性則將近百分之三十一，男女比率稍高於四比三，與一般所認為的女生比較早熟的觀念顯然不符。

無戀愛經驗的男性不到百分之十三，而女性則有百分之二十四強，之所以有第二、三兩項的差異，可能是因為女生比較不把情竇初開時的暗戀當作是初戀，這一點可以由百分之七十九強的女性曾經有單戀經驗，卻只有百分之七十六弱的女性曾經有初戀經驗來推想。

人在每個年齡階段對愛情的感受都不相同，壓抑早發的愛苗而等成熟些、年齡大些再談戀愛，不免會錯過機會去了解「情竇初開就談戀愛」的感受：

兩性的內心戲本來就很相近，男生會想追求自己中意的對象，女生看到出色的男生也會心動，不論男女，渴望另一半的心是一致的，但男女性對對方的想法總是免不了好奇，這個好奇是起因於社會習慣造成的差異。社會比較壓抑女性在愛情方面的表達，使得女性對愛情的追求欲比較沒有外顯，君不見社會把男追女視為理所當然，而把女追男冠以「倒追」之名。倒追這個名詞不免有歧視的意味，女性敢於追求男性只是誠實顯現她們內心的渴望而已，當然並不可恥。（484 字）

十五歲前初戀的女性將近 22%，而男性則將近 31%，男女比率稍高於四比三，與一般所認為的女生比較早熟的觀念顯然不符。

無戀愛經驗的男性不到 13%，而女性則有 24% 強，之所以有第二、三兩項的差異，可能是因為女生比較不把情竇初開時的暗戀當作是初戀，這一點可以由 76% 強的女性曾經有單戀經驗，卻只有 76% 弱的女性曾經有初戀經驗來推想。

人在每個年齡階段對愛情的感受都不相同，但不論男女，渴望另一半的心是一致的，男女對於異性的想法總是免不了好奇，而社會習慣則造成了男女好奇心的顯隱差異。因為傳統社會比較壓抑女性在愛情方面的表達，使得女性對愛情的追求欲比較沒有外顯。（322 字）

話說回來，有了一定的格式至少能約束寫作者，協助他們減少在

論文中寫出以下這種天馬行空式的漫談：

【研究動機】

……提出那樣膚淺的問題詢問老師，並非全是偶然，一直以來東坡便是心中最欣賞的中國文人，欣賞其多才多藝與生活態度，尤其是看待人生境遇之豁達大度，尚能於遭受憂患之際，未改初衷；大難當前，耿直之個性卻仍發揮得淋漓盡致；對待友人無論是以心相交，或是以文相會，皆是一種即使到老死亦不離不棄之態度，有恩必感懷於心，有嫌隙必隨風而去，待司馬光、王安石、章惇如此，待參寥、文同亦是如此……諸如此類真性情之呈現，令人動容。於是甫接觸東坡作品時，便立刻被其所吸引！最喜歡那句「一蓑煙雨任平生」了，竟是那樣一派地瀟灑、豪氣！因此，也是如此一股「誰怕」的精神，決定自不量力地研究幾乎已快成「蘇學」的東坡文藝，而範圍竟是自己最陌生的「書法」。曾經在初始有過這樣的疑惑：「書作不佳者研究書法適合嗎？」也與老師多次談及這問題，而老師的鼓勵總讓人不想放棄，然而心虛的感覺仍揮之不去。一次偶然機緣下，得以欣賞完一場極精彩的球賽，賽後並聆聽了球評詳細之分析。當下，心中頓時豁然開朗，於是，在同理可證的原則下明白了一件事：「說得一口好球，未必能打得一手好球；打得一手好球，未必能說得一口好球！」，這樣的念頭，才終於堅持了研究東坡書法的目標。

當然，球界不乏同時打得一手好球並說得一口好球者，書法界亦是如此，東坡本人即是。不過，雖尚未成爲一位優秀打擊者，但現在自己正努力當個說得一口好球的忠實觀眾兼業餘球評！

　　如果你實在不願意捨棄這類研究過程中的甘苦漫談，建議你還是把它從論文的本文中切割開來，放在附錄裡。

　　另外，在下例中作者想說出自己對一些現象的不滿，可是卻躁進得沒有把事件的來龍去脈條理化地表達出來，這種缺乏前因後果的破碎舉例放在論文的前言裡，也有些荒腔走板：

　　前馬汀的催眠秀引起國人的一片討論聲：是否這種催眠秀已經違反了助人專業的倫理法則。事實上，近年來 國內助人專業領域中充斥許多違反倫理的行爲，只是沒有引起這麼多的注意而已。其他大家比較熟悉的事件如無專業訓練背景、未具專業資格的工作者僅參加幾次的工作坊後，就宣稱自己是專家，並開辦高收費之工作坊；或在報上刊登自己是某某專家等不實的廣告，來宣傳自己及獲取不當利益或與來求助的學生發生性關係造成案主的傷害，事後還洋洋得意地宣稱要出版一本同性戀的書籍；更甚者還有人以贈送心理測驗的噱頭來販賣褲襪。而這些現象除了一些助人專業人士興嘆外，並未見適當的專業協會（或學會）出面澄清或糾正。

　　要修訂這樣的論文確實需要點耐心。

　　固定的論文寫作格式就像是制服，要求我們穿上制服，是因為工作上的需要，我們有工作之外的時間可以盡量表現個人的時尚品味，不用非得在制服上加綴個花邊或改改鈕扣的顏色，使自己在同事之間顯得突兀。

　　本書可以定位為「論文作文指導」類書，旨在敘述質性論文的文字經營方向和一些特殊文字法則，書中並不涉及研究方法。在那些反對傳統格式者革命成功前，沿用已經約定俗成的規則，確實可以省掉說服意見不一的評審者的麻煩。

 ## 寫作的心理——完美與因循

一、進退之道存乎一心

　　有些事情拖久了，會自動解決，遇到這樣的事，你盡可使用拖延戰術，任其不解而決。可惜，寫作研究論文這種事，沒法歸入此類。

　　寫作期刊或研討會等非長篇論文的最佳指導原則，是擬定綱要，摒開旁鶩，然後一鼓作氣。

　　然而，人總是有種種旁鶩及藉口，使得事情無法及時做完。

　　在 2012 年終將近時，某位他校的教授因當年尚無論文發表，遂提議與我合作寫一篇，由他來蒐集資料，我來主筆，儘速寫完趕在 12 月底前投稿，以便達到「配額」。待資料蒐集得差不多了，已經 11 月中，我發揮一鼓作氣的精神，在兩週內流覽了百餘篇 SCI 等級的論文，邊讀邊寫，完成初稿交付給他。

　　我自思在某高點數的 SCI 期刊中已發表過四篇論文，此次亦應

十拿九穩，預計該教授花幾天將文中一張插圖繪妥，並核校完成參考資料表中所有條目的格式後，即可送至該期刊審核。沒想到該教授接下任務後，竟如憑空消失，原本估計應可在數天內完成的善後工作，遂此沒了下文，而我也因忙於寫作國科會計畫以及其他業務，未予追蹤。

在等待了近四個月後，我才因為事不尋常，去信聯絡，他說出一個與論文無關的理由；該問題確實大得足於影響工作，但他也大可以先把那件只須花費幾天的工作做完，再去處理那件棘手的事，而他卻本末倒置，以致大大耽誤了「配額」的時程，經我這一催，才又花了幾個週末，給我一些交代。

話說回來，當初我在寫作該文時，也是操之過急，為了想在短時間內交差，兩週之間有數日失眠，而且接連幾天都連續工作十餘小時，固然是一鼓作氣而成，但是心力消耗甚多，也許還無意間忽略了某些重要論點，至今想來，甚無必要。

安排消遣與轉移之道，是突破碩博士論文等長篇論文寫作瓶頸的重要訣竅。

只要按部就班，放輕鬆點可以避免折損心力，而且也不至於妨礙太多進度。人的心力與體力類似，長時間運動後體力不繼，若一味拚命苦撐，不僅效果不彰，且有力竭傷身的危險。因此，奉勸諸位要知**進退之道**，靈感來時一鼓作氣，靈感不繼時，不用死命堅持，遇到寫作瓶頸，不妨暫時放下焦慮。

在工作時間過長，自覺效率不彰的時候，我會放下手邊未完的事，去騎騎腳踏車。奇怪的是，騎了一段時間之後，腦子裡會風起雲湧地出現一些靈感，方才所無法突破的瓶頸，一下子竟有了不只一個

的解決方案。所以，精進固然重要，適時放慢腳步也不見得是浪費時間。

有時，我也會參加一些熱鬧的活動，如廟會園遊等，來轉移焦點。熱鬧過後，心情沉澱下來，原本心中轉不出來的死角，竟然常出現意想不到的轉機。這種柳暗花明、豁然開朗的狀況，不是索盡枯腸所能求得。休息放鬆之後，可以寫得更順，走得更遠。適時睡個好覺，效率反而比熬夜超時工作更佳。不論是在著書創作或論文書寫的時候，我都有睡後精神大振，中夜而起，提筆急書，下筆千言，難以自止的經驗。

一鼓作氣和適時消遣之間，只好讓你自己來拿捏。

二、不要作繭自縛

完美主義是有目標、有雄心、有動力、預期高、肯努力的心理狀態，這些都是值得肯定的。而**完美強迫症**則不同，這種症狀的患者，會為了達到不切實際的完美目標，而在思想和行為上自我打擊。

完美強迫症會讓人感到持續的悲慘和折磨，患此症者常為了追求完美而付出痛苦的代價。以下是一些符合此症的情況：

1. 為了工作上的小事跟自己過意不去。
2. 對自己或他人的錯誤高度敏感且吹毛求疵。
3. 做什麼都要做得最好（就算是你沒有興趣的事）。
4. 無法克制地想修改寫出的作品，以致遲遲無法完稿。
5. 寧可犧牲健康（睡眠、運動、人際關係等）也不願工作表現低於自己的期望。

完美主義者訂定高目標，並想要把事情做得最好；而完美強迫症則訂定不切實際的目標，並認為事情必須達到完美。

高標準可以激發潛力，並讓人在達到該標準時會有成就感。

但是，當你的目標是**絕對完美**時，就算工作完成的品質已經很高，你還是會不自覺地感到挫折和沮喪，因為，你陷入了下列的完美強迫症惡性循環：

1. 設定了無法達成的目標。
2. 因為無法達成目標而意志消沉，接著就是逃避和拖延。
3. 在截止日期的最後一刻仍陷於忙碌狀態，可是結果還是遠談不上完美。
4. 因不完美的表現而懊悔和自責，自我批評之餘，驅使自己更努力來取得進展，但是……
5. 卻又再次設定了一個無法達成的目標。

此時，你要認清**事實**，做出必要調適來改變現狀。這裡提供幾個原則，來幫助你盡速逃離此症。

1. 回顧自己因為事情的「不完美」而感到挫折、激動或不耐的時刻。
2. 若察覺自己有完美強迫症的傾向，反省自己為什麼要如此完美，而完美又讓自己付出了什麼代價。
3. 快快認清完美之不可能，同時要相信，這種循環不但能在短期內打破，並且可以永久消除。

不要把完美強迫症與有決心和**高標準的積極**事物聯結在一起，完美強迫症實際上對人有負面的影響，使得許多人永久處於一種挫折、失望及自找痛苦的狀態。此症會造成不健康的工作模式，對學術產出沒有任何幫助，有此症的學者，研究產出不見得會比較高。

　　如果你自認是完美主義者，而且工作快樂又有效率，那當然是好事！

　　反之，若你受制於完美強迫症，以致無法充分發揮潛力和生產力，那麼，請相信：在現實中要達到完美是不可能的，你所要寫出的，是你最好的作品，而不必是完美的作品。

設定目標以打破循環

　　閉門造車可能會讓人選擇不切實際的目標，所謂當局者迷是也。

　　完美強迫症大都是在閉門造車的狀態下造成的，在這種症狀下，患者習慣性地對一些看法有所扭曲，故想完全藉由自己的內省、反思來探究問題的根源，反會鑽入牛角尖中，如理亂絲，難以出頭。因此，有陷入此循環之虞者，宜避免單打獨鬥地自行設定目標，而應嘗試與同儕或師長共同探討適當的計畫，同儕間集思廣益，師長們經驗豐富，都有助我們設定與現實相近的目標。所以，要迅速打破完美強迫症的惡性循環，不妨主動求教於師長，或邀請同儕共同參與寫作計畫。

善用師長指導與同儕支援

　　加入同儕的工作團隊、建立研究寫作小組、參加相關性質的網路社群等等，都有助於你加速發表研究成果。在團隊交流中討論彼此的工作進度，聊聊研究中所碰到的難題，或是談些即興的點子等等，都可能帶來意外的收穫。雙方可能在彼此的研究工作中，意外發現有

用的關聯，或是對方的建議，恰好解決了自己的盲點。大家只要採取開放的態度來交流，不必執著結果如何，這樣也可能有無心插柳的效果。

　　加入同儕研究寫作小組，承擔每天必須完成的寫作責任，建立一個能在研究寫作過程中提供回饋的同儕網絡，將作品分階段完成：

1. 作品完成近三分之一時，就將文稿與同儕分享。
2. 作品近三分之二時，可以嘗試整理出來，在研討會發表。
3. 作品接近完成時，可以請專人潤飾文字，並就教於與同領域中的資深人士。

　　請師長或同儕閱讀自己的作品，並盡量提供如下的回饋：

1. 研究的假設是否正確。
2. 研究的想法夠不夠有趣。
3. 研究的資料選用得好不好。
4. 研究的希望與前景如何。

及早動筆並養成每天寫作的習慣

　　學術寫作和創作一樣，由**發想**到**發表**，不是一蹴可幾的，而是需要時間來構思與醞釀，然後方可以指望發展到成熟。因此，論文寫作不要躁進，但也不要非等到萬事俱備方才動手。

　　完美強迫症者常有極高的自我期許，其所設定的目標可能高得不易執行，因此也就難以達成。有此症狀者，即使是萬事已經俱備，還是會覺得猶欠東風，下意識地迴避或延宕了寫作的進行，拖延症與完美強迫症之所以常常同時出現，就是這個原因。

「寫就對了！」正是對治拖延症的良方。

有時候，一個靈感式的想法可以讓人一口氣完成驚人的產量，但是隨後卻完美強迫症發作，病態式地反覆修改，把原本勢如破竹的寫作進度給延宕下來。修改作品固然是負責任的表現，但是，沒有終點的反覆修改肯定是不健康的，根本沒有道理。

每天固定寫作是打破拖延症的最好方法，你若有拖延的問題，請開始試驗每天寫作，不要無謂地求全求美，免得陷落在無盡的修改循環中。也別因為少量寫作上的錯誤，而忽略了自己文章中其他的優點。

每天至少花一個鐘頭寫作，或每週寫作至少五小時，這樣必然會累積出實際的寫作成果。進而產生成就感及滿足感。你一旦養成這樣的習慣，可能發覺自己：

1. 創新思維和看待自己研究計畫的能力增強。

2. 可以每天都找出足夠的寫作時間，而且每天有進度，可以擺脫因循不進的罪惡感。

3. 不見得需要太長的時間，就能有相當的產出，而且隨著時間，累積出令自己驚喜的產能。

第二章

文字經營的一般準則

本章提綱

　　◎少用被動語態

　　◎減少形容詞和副詞

　　◎少用長句

　　◎善用複述的原則

　　◎多用簡單易懂的字

　　◎防範語意上的謬誤

　　◎小心錯別字

　　◎注意數字的使用

　　◎本章習作

　　處理文字的功力應該在求學生涯的中期（初高中時期）就已經建立起來，要是在大學、研究所階段寫作論文時才發覺不足，解救起來必然相當吃力。可惜的是，這類有心無力的人士普遍存在，自救之道，不外多讀多寫而已。

　　有道是「讀書破萬卷，下筆如有神」。

　　乍看之下，讀書能破萬卷的人豈不少之又少？

　　萬卷到底有多少？其實也沒那麼遙不可及。

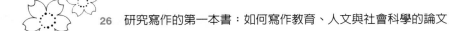

　　《太平廣記》[1]五百卷尚不到兩百萬字，依此推算，一卷書計約四千字，萬卷書大約等於四百本十萬字的書，金庸小說全集有三十五本，每本以二十萬字計，好好把全套金庸小說讀個五六遍，也差堪破萬卷。這個比喻並不是玩笑性的戲論，文筆流暢的書，對有心的讀書人在寫作上自然有潛移默化的效果。以鍛鍊文筆為目的而讀書，則選讀的書應以文字取勝，舉凡詩詞歌賦、筆記小說等都值得涉獵，不一定非得讀些「文以載道」的嚴肅文字，倒是可以選讀一些足以引起興趣或共鳴的文章，當然，能看懂簡單的文言文，確實有益於文字的經營。

　　說到簡單的文言文，我甚為推崇紀曉嵐[2]先生的《閱微草堂筆記》，該書傳世雖不及蒲松齡的《聊齋志異》為廣，但文字之洗鍊親切則尤有過之。《閱微》採用了「追錄見聞、憶及即書」的寫實手法，取材自紀氏本人的親身經歷和耳聞目睹，書中涉及三教九流、鬼狐神怪，反映了清朝中葉的某些人生和社會現象，除了涉及鬼怪，還記載了社會基層、邊疆士卒和少數民族的故事，從簡單的記事出發，內容豐富，讀來饒有興味。開卷有益，讀者不妨嘗試選閱。

　　本章所述的文字經營準則，雖說是為研究寫作而立，但也可作為一般非抒情性應用文的寫作參考，文中所引用的範例多屬摘自質性研

1　《太平廣記》是宋人李昉奉命主編的一部大書，成於太平興國 3 年（西元 978），所以定名為《太平廣記》。全書五百卷，目錄十卷，專收野史傳記和以小說為主的雜著。引書四百多種，可說是宋代之前的小說總集，很值得閱讀。

2　紀曉嵐（1724～1805），原名紀昀，又字春帆，晚號石雲。紀氏之名因二十世紀末電視劇的引介而大譟，他是清朝直隸獻縣（今河北獻縣）河間人，為乾隆、嘉慶期間的名臣，生於清雍正 2 年 6 月，卒於嘉慶 10 年 2 月，享年八十二歲。

究寫作的實例[3]。

 ## 少用被動語態

被動語態常常出現在老式的英文裡，在中文裡原本很少用被動語態，但由於受到西方文字的影響，中文裡不必要的被動語態也就增多了。例如：

> 這些皆已清楚地被規範在美國心理學會的規章裡。

其實這個句子大可改成

> 這些皆已清楚規範在美國心理學會的規章裡。

但經過有識之士幾十年來的宣導，被動語態逐漸失去市場。主動語態能夠更清楚、更直接地表達文意，主動語態較被動語態簡短有力，也是不爭的事實。因此，在任何寫作中如果不是要刻意經營出一種被動的態勢，就應該盡可能避免被動式。

而在中文裡無法避免被動語句時，也不用死命抓住「被」字，「經（過）」、「遭（到）」、「受（到）」等等都是被動的表示，而且都比「被」更具有本土的味道，需要時不妨交替使用。例如：

原文	建議修訂
該環境評估報告被鑑定後，歸入評估不完整之列。	該環境評估報告經（過）鑑定後，歸入評估不完整之列。

3　其中用來做負面示範者，不便註明出處，有意者可以自行於網路中尋得。

警察被槍擊的案子並不是第一次發生。	警察遭（到）槍擊的案子並不是第一次發生。
調查顯示，該弱勢團體的權利仍然不被重視。	調查顯示，該弱勢團體的權利仍然不受重視。

　　由於類似這種難以用主動語態取代的句子所占的比例並不高，留用這類句子反而有使文字多樣化的效果。

 ## 減少形容詞和副詞

　　形容詞是用來修飾名詞或改變名詞意義的，而副詞則是用來修飾或改變動詞、形容詞或其他副詞的意義。用形容詞或副詞來輔助所要說明的事物，意在使讀者更容易了解，但使用太多的結果可能會增加讀者閱讀的負擔，不見得能達到真正的目的。因此，想寫出清楚有力的論文章，就應避免使用不必要的形容詞或副詞。也就是說，除非選用的形容詞或副詞可以增加某些事的重要性，否則不要使用。

　　以下的例中子，要改善原文，只要刪掉一些不必要的用字和用詞：[456]

原文	建議修訂
為提升就業競爭力，在職已婚婦女參與進修成為*不可避免*[4]的趨勢。	為了提升就業競爭力，在職已婚婦女參與進修成了一種趨勢。

4　「不可避免」有過度描述之嫌，只是作者順手拈來，並無根據。

5　「全面」實在是過甚其詞，不應妄用在論文之中。只有周延的數學公理可以全面涵蓋，物理定律也還勉強，其他如文學、藝術、管理學、社會學中之學說，涵蓋的範圍再廣，也離全面尚有一大段距離。

6　「充斥許多」及「嚴重」云云，均係情緒氾濫之詞，沒有客觀價值，為論文所不取。

敦煌最早的寫本始於西元三〇五年，最晚的寫於西元一〇〇二年，前後跨越了七百年左右，歷經了兩晉、南北朝、隋、唐、五代、宋等朝代，全面地[5]反映了這段時期中國書法的發展演變情況。	敦煌最早的寫本始於西元三〇五年，最晚的寫於西元一〇〇二年，前後跨越了七百年左右，歷經了兩晉、南北朝、隋、唐、五代、宋等朝代，反映了這段時期中國書法的發展演變情況。
作者發現助人專業領域中充斥許多違反倫理的事件，*嚴重*危害到當事人的福祉與權益[6]。	作者發現助人專業中有違反專業倫理的事件，危害到當事人的福祉與權益。

少用長句

　　長句通常複雜難懂，除了會讓讀者讀到句尾就忘了句頭之外，就連作者也容易迷失其中，失去控制的能力。清晰的思路和方向可以用簡單的語句來表達，文章裡長句很多並不表示寫文章的人寫作能力高，反而表示他表達能力有問題。因此，句子的長度最好保持在二十字以內。

　　當然，較長的句子並不一定比簡短的句型要不如，但是句子若是長達三四行，讀起來肯定非常困難，不妨運用下述的原則，把長句修短：

1. 大膽斷句
2. 使用音節少的同義字代替長字
3. 刪除贅字

　　另外，一再重複的冗長專有名詞若能用縮形取代，可以增加文章

的易讀性，這乃是研究寫作時的習慣做法，應該適時採用。

　　看看以下的例子，便可知長句毛病的一二。原文一的句子長達48字，很難消化；原文二的句子更長達62字，根本無法達意：

原文	建議修訂
本研究旨在探討已婚女性在職進修考量之正面激勵因素及負面阻礙因素是如何影響已婚女性在職進修的決定。	本研究探討正負兩面因素如何影響已婚女性在職進修的決定。
探討不同高職美容科學校招生情況在高職美容科專業課程之規劃與實施情形、設備之規模與使用情形及高職美容科師資專業知能的差異情形。	探討不同高職美容科之招生情況，還有專業課程規劃與實施、設備規模與使用，及師資專業知能差異等對招生情況之影響。

　　經建議修訂，原文一刪去將近二十個贅字贅詞，可讀性大增；原文二改成兩句，其中第二句雖然甚長，但是文中加了兩個頓號，足以減輕讀者的壓力。

　　條列式的寫法可以大量減少修辭的困擾，不但寫來比較容易，讀來也比較輕鬆，不論中文英文，都是如此，把上面那段文字用條列式的寫法改寫，更是條理分明，

本研究之目的如下：
1. 分析高職美容科學校招生情況。
2. 了解高職美容科專業課程之規劃與實施情形。
3. 描述高職美容科設備之規模與使用狀況，及
4. 探討高職美容科師資專業知能。

又，條列式的寫法可以多多使用在結論及建議未來研究方向的章節之中。

 ## 善用複述的原則

你也許能夠很清楚地把論文或報告的主題表達出來，但是也得考慮讀者能不能吸收得了。要使文章完整清楚，要讓讀者不費力就明白意思，就得了解讀者的立場、揣摩讀者的心意。

結構完整的論文應該採取三段式的寫法：就是在緒論或前言裡先說明研究的是什麼，然後在本文裡把要說的一一說清楚，最後在結論中告訴讀者本文裡說了些什麼[7]。

若要大多數讀者都能更明白你所寫的東西，就應該讓他們有時間先把先前的主題都消化得差不多了，才把下一個主題搬上來。尤其在長篇論文裡，有技巧的作者會把主題用稍微更動過的寫法加以重述，讓讀者有複習的機會。

重複重點使得原意更加突顯。這種做法的好處在短文裡還不太明顯，但在長文裡就顯出功夫來了，讀者如果在前文中看漏了些東西，還有機會在後文的複述中複習一遍，不用回頭費力搜尋。

下面是幾個適合使用複述原則的地方：

1. 不夠清楚的地方
2. 需要加強語氣或強調重點的地方
3. 一連串的主題需要加深讀者印象的地方

在這些地方可以用不同的複述技巧像舉例說明、互相比較，或用

7　詳細範例參見第四章研究計畫書的寫法。

修改後的句子重新描述一遍等等。

用不同的文句來描述所要表達的意思，使句子能更精確、更吸引讀者，如果你沒有做過這些事情，那麼不妨從今天開始，對具有重要性的論文或報告加意斟酌，完成後，請別人幫忙檢查一次，看看別人的意見如何，看看別人能不能輕易地看出你的意思。

字句的經營很重要，好好推敲論文中的文句，相似的意思可以用不同的說法來表達，

只要覺得任何地方表達得不夠清晰，就不妨想個能讓讀者掌握主題的東西來加以舉例或比較。要加強寫作能力就得付出努力，別無他法。

多用簡單易懂的字

簡單易懂的字比較容易取信於人，至少讀者不用擔心自己被艱澀的字所蒙蔽。有些人誤以為寫重要的論文就該用些重量級的字彙和語詞，事實上，愈重要的論文愈要用簡單、明白、直接的方式來書寫，免得讀者誤解了論文的主旨，因為簡單明白的文字一定比拐彎抹角的更讓人容易接受。明智的人會用讓人容易明瞭的白話口語來寫作，不明智的人才會用非常饒舌的字句去詮釋。

有大量的字彙能力固然是件好事，但是，如果是因為用了太艱澀的字彙而導致溝通障礙，那就不大明智了。充分的詞彙幫助我們了解其他人，也幫助我們傳達自己的想法，但是，使用一般人不太使用的詞彙來溝通是沒有必要的。因為溝通的目的不是令人費解，沒有必要在文章中顯示自己傑出的文學素養。況且我們要考量到其他語系的國

家（像是泰國、日本 …… 等）的讀者，那些外國人可能無法立刻了解我們花了功夫醞釀出來的「典雅文字」，即使他們在費了許多時間查字典後，終於知道我們的意思，那文章的傳達力也已經大打折扣。例如：

> 一些人*斷斷*於蘇洵與王安石之相互關係 ……

「斷斷」這個詞現在已近無人使用，連懂得的人也很少，有多少人見了「斷斷」會知道這個詞的意義？它的意思既然是「爭辯的樣子」，為什麼不乾脆使用「爭辯」來達意，比較淺明易懂呢？

對於任何沒有把握的字詞都應先查明意義再使用，不然在講求精確的論文裡可能造成讀者的誤判。

思路清晰的人只要用簡單的字彙，就足以明確而不籠統地敘述事實。如果論文中用了許多複雜的字彙，那麼讀者先要搞懂那些字彙都可能有困難，怎麼還有餘力去研究論文內容呢？

再看下面這個句子：

> 作為主體性的最高級形態，類主體性的基本特性是以主體間性（intersubjectivity）核心所形成的整體性。

光是看到就足以使人望之卻步了，遑論將它解讀？

這個句子不是虛構的，是真正寫出來，而且已經發表的文字[8]，其間還夾雜了一些英文單字，以示引論有據。

8　本段文字可在網路上找到。

眞正言之有物的論述不應盲目地引用別人的陳述，不需要用些東西洋單字來挾洋自重，也不必強套一些莫測高深的名詞來自高。再看下例：

原文	建議修訂
維繫單字的凝聚力主要來自*對立統一的關係*。書法作品中點劃的長短粗細，墨色的枯濕濃淡，字體的大小俯仰和疏密虛實，都是一對對具有*互補關係的矛盾體*，只有挖掘它們之間的內在聯繫，才能使這些沒有筆墨連貫的單字凝聚起來。（103 字）	要使字體產生凝聚力，就須注意點劃、墨色、字體之間的聯繫，才能使這些沒有筆墨連貫的單字凝聚起來。（47 字）

　　原文中的「*對立統一的關係*」和「*互補關係的矛盾體*」這兩個打腫臉充胖子的詞，到底能說明些什麼？對文字的內容有何增益？不外是東拉西扯，騙騙自己罷了，我猜古今的知名書法家都會被唬住。經修訂之後的文字就少了那些引喻失義的濫調。

　　許多研究報告或論文裡的用詞語意纏夾，把文字寫得牽纏難解，這絕不是寫作能力的表現，反而可能是作者思路不清的佐證。在傳達任何事情的時候，首先要考慮的，就是傳達的對象。既然寫的不是法律條文或商業合同，那又爲什麼要疊床架屋，重重修飾，以致別人要大費周章，才能明白文中所要表達的意思呢？

　　像下面這篇就些難以解讀：

　　　　自然語言理解研究本質上應當是獨立於具體的語言的。筆者不太相信脫離自然語言理解研究的全局而能夠單獨或超前取

得漢語理解研究的突破。但以漢語為母語的學者又有責任也有優勢以漢語為主要對象對自然語言理解的一般規律進行研究，從而為解決人類共同的科學難題做出貢獻。當研究漢語理解時，首先著力於指稱概念的實詞是理所當然的，但也不能輕視虛詞在漢語句子、談話、篇章中表達意義的作用。本文探討虛詞在漢語理解研究中的價值及其研究方法，倡議建設與北大其他語言知識庫可以有機結合的廣義虛詞知識庫，提出了構建這個知識庫的一些想法。

愈白話易懂，愈表示寫作者的表達能力高人一等。

 ## 防範語意上的謬誤

中文在文字排列的次序方面比較自由，但過於自由的結果，就不免鬆散，看看這個例子：

本文討論二十個學校沒有教的寫作技巧。

誰會這麼有心去調查，沒有教某某寫作技巧的，到底是哪二十個學校呢？依直覺判斷，數詞「二十個」所描述的，應該是「寫作技巧」，而不是「學校」，它在語意上雖然有點含混，我們還是可以判別其真正的涵義。如果要表達得比較精確些，就應該把上面的句子改寫如下，才比較沒有語意上的困擾：

本文討論學校沒有教的二十個寫作技巧。

下面這個例子可能就比較費解了：

以下是五個學生沒有注意的原則。

不知到底說的是「五個學生」呢還是「五個原則」？我們在前後文中雖然可能釐清，但是，為免造成不必要的混淆，文字畢竟是精確些才好。

像下面這段語意含混的文字：

良好的溝通所應抱持最重要的態度就是傾聽……吵架時，不要發脾氣，也不要離開現場，提醒對方：「如果你不愛我，我們就不要再繼續下去。」

就會讓讀者看了有點難以判斷到底是要「提醒」：

……不要發脾氣，也不要離開現場，而要提醒對方：「如果你不愛我，我們就不要再繼續下去。」

還是「不要提醒」：

1.……不要發脾氣，不要離開現場，也不要提醒對方：「如果你不愛我，我們就不要再繼續下去。」
2.……不要發脾氣，也不要在離開現場時提醒對方：「如果你不愛我，我們就不要再繼續下去。」

　　另外，可能是受到英文句型 protect... from 的污染，像「保護……免受」和「保護……免於」的語意謬誤句型大行其道，例如：

> 1. *保護*此臺電腦*免於*間諜程式侵擾。
> 2. 某些蔬菜含有可以*保護*細胞*免於*癌症的化學物質。
> 3. 防曬油能提供皮膚不同程度的天然*保護*，*免受*陽光傷害。

　　這幾句略譯成英文，就是

> 1. Protect this computer from being invaded by spyware.
> 2. Some vegetables contain chemicals that can protect cells from carcinogens.
> 3. Sun screen lotions can protect the skin from sunburns.

　　這種句法在英文中是沒有問題的，但卻不能直接搬到中文來。只要稍加用心，就可以避免這類中西失調的句子：

原文	建議修訂
要求政府立法保護老師免於遭受學生或家長的惡意指控。	要求政府立法保護老師，以防其遭受學生或家長的惡意指控。
兒童和少年應予保護免受經濟和社會的剝削。	兒童和少年應予保護，使其免受經濟和社會的剝削。
周詳的保安策略可以保護業務免受攻擊或入侵。	周詳的保安策略可以保護業務，預防攻擊或入侵。
水果、蔬菜和堅果能幫助保護免受氣喘和其他過敏症狀。	水果、蔬菜和堅果能幫助預防氣喘和其他過敏症狀。

其他語意模糊的情形不勝枚舉，再多舉幾個例子並一一修訂，以利判讀：

語意模糊	建議修訂
製作時程表並支援軟體	製作時程表及提供軟體支援
掌握工作的進度狀況並預測完成的方法	掌握工作進度並預測完工的方法
判斷目前工程的完成進度及進度的更新方法	如何判斷工程進度及更新工程進度
辨識進度延誤並分析原因	辨識進度延誤並分析延誤之原因
支援時程表計畫與進度管理並支援軟體	提供軟體、進度管理與時程表計畫的支援
掌握具備所需技能的成員及所需能量的投入狀況	掌握專技成員的情況，並掌握能量投入的狀態
修正外包計畫及認可標準	外包計畫及認可標準之修正
擬定費用超過最低限度的方法	擬定費用上限的方法
辨識與費用計畫偏離及分析原因的方法	辨識費用偏離及分析偏離原因的方法
預估專案完成為止的費用的方法	估算專案完成所需之費用的方法
分析風險發生的可能性及其結果的方法	分析風險發生的可能性及風險可能造成之結果的方法
推論風險發生時影響品質、時程表、費用的方法	推論風險對品質、時程及費用等之影響的方法
檢討風險因應對策與決定的方法	檢討與決定風險因應對策的方法

另外，我在某校園裡看過這樣的標語：

> 未於吸菸區吸菸或亂丟菸蒂者，依菸害防治法懲處。

這種使用「否定敘述」來引導「肯定敘述」的寫法，容易使語意模糊，有讓人將它做如下方式解讀的空間：

> 大家必須在吸菸區吸菸或亂丟菸蒂，否則會被依菸害防治法懲處。

在這類情況下，如果使用「肯定敘述」來引導「否定敘述」，把句子寫成下面那樣，語意就明確得多：

> 亂丟菸蒂或在非吸菸區吸菸者，依菸害防治法懲處。

小心錯別字

中文裡不乏因為字的形音相似而誤用的例子，有些人就容易誤用形與音相似的字。在文章裡用錯了字雖非不可原諒，但總會讓人印象欠佳，因此最好只用自己確實認識的字，如果偶爾要用到不太確定的字，千萬查個字典，別怕費事。

例如，「券」[9]指的是有票面值的文件，例如「票券、獎券、彩券、債券、證券、折價券、優待券、入場券、兌換券」等等，偏偏有人（不乏國文系的學生）會把「獎券、彩券、優待券、憑券兌換」誤寫成「獎

9　「券」音ㄑㄩㄢˋ，同英文中的 *bill, note, token, ticket, coupon, voucher* 等。

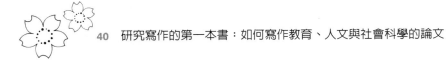

卷、彩卷、優待卷、憑卷兌換」，而「卷」[10] 指的卻是一般文書、記錄、檔案類的文件，例如「考卷、書卷、卷宗」等。

「突顯」可以解作「某件事很突出，以致顯出了重要性」，而「凸」字一向僅用於說明「某樣東西鼓起來」，除了用來形容形狀上「凹凸不平」之外，幾已不做他用。「凸」字有時可以用「突」字代替，如「凸出一塊」可代以「突出一塊」，反之，「突」字則不宜代以「凸」字。然而，我自己卻曾經因為使用「突顯」，而被編輯人員喧賓奪主地糾正說應該使用「凸顯」才對。

當然，最氾濫的問題還在「的」、「得」兩字用法的誤區，事實上，只要用心，這兩個字的用法差異不難分別。

「的」是形容詞字尾，連接的是形容詞與名詞：例如：

> 紅色的花、天大的事、不得了的問題 …… 等等。

也是所有格的助語詞，連接的是名詞、代名詞與名詞：

> 我的家、他的玩具、公司的財產 ……

「得」則是動詞的字尾，連接的是動詞與形容詞：

> 車開得飛快、事情做得順利、感動得無以復加

也是形容詞助語詞，連接的是形容詞與形容詞：

---

[10] 「卷」音ㄐㄩㄢˋ，同英文中的 *paper, document, statement, manuscript* 等。

窮<u>得</u>要命、傻<u>得</u>可以、聰明<u>得</u>不得了

一旦搞清楚，就不會像有不少人（包括不求甚解的學校老師）一樣，把「吃得好、睡得著、用得安心、玩得高興、忙得不知如何是好 …… 」等等，誤寫成「吃的好、睡的著、用的安心、玩的高興、忙的不知如何是好 …… 」了。

注意數字的使用

有些品管低落的出版物（尤其有不少報紙）中，使用的數字格式十分混亂，幾乎已到了漫無章法的地步，連像「20 多人」、「30 幾萬」這類的寫法都出現了。有鑑於此，本節提出中文和阿拉伯數字的一些使用原則供大家參考。

直排書寫時盡量使用中文數字，橫排書寫時則可考量使用阿拉伯數字。中文和阿拉伯數字間有些不宜並用的原則，例如年、月、日、星期、序數、約數等不宜中文和阿拉伯數字並用，成語中的數字部分當然絕對不可代以阿拉伯數字：

誤	正
第 9 號、第 11 位	第九號、第十一位
1 石 2 鳥、7 上 8 下	一石二鳥、七上八下
6 月份、星期 5	六月份、星期五
參加 5 月 9 日的聚會	參加五月九日的聚會

還有，可用兩個以下的中文字表達者，以及尾數是零且可以用三個以下的中文字表達者，盡量不要使用阿拉伯數字。例如：

> 八個、十三隻、四千雙、十七萬條、兩千萬人等。

至於像「廿一……廿九」、「卅一……卅九」等的用法比較罕見，可以用「21...29」、「31...39」等來代替。

其他應注意的數字和文字的分野如：

> 誤：二五、三三、五一
> 正：25, 33, 51 或二十五、三十三、五十一
> 誤：51 勞動節、228 事件、三七 21
> 正：五一勞動節、二二八事件、三七二十一

表達大約的數量時，阿拉伯數字不可和中文並用：

> 誤：4 千餘、30 多萬、10 多人
> 正：四千餘、三十多萬、十多人

即使是出現在中文之內，所有的阿拉伯數字、西文字母、西文標點符號及數學運算符號均應使用半形，數學符號也不宜在內文的描述中與文字混用，例如：

> 誤：生師比就是學生人數 ÷ 老師人數
> 正：生師比就是學生人數除以老師人數

以數字和符號表示的百分比一律使用半形，且表示百分比時不應文字與數字混用：

誤：十二‧四％、23％

正：12.4%, 23%

誤：百分之 85

正：百分之八十五或 85%

誤：百分之五十二‧四 [11]

正：52.4%

在句首出現的西元年代應該使用中文數字：

誤：2008 年的政情趨勢尚在變化中，不到大選結束難以底定。

正：二○○八年的政情趨勢尚在變化中，不到大選結束難以底定。

正：西元 2008 年的政情趨勢尚在變化中，不到大選結束難以底定。

其他情況下則「可以」或「應該」使用阿拉伯數字：

原文	建議修訂
本研究以國內五個助人專業學會二○○七年之會員二○○五名為對象，以自編之四六題倫理信念、行為問卷進行調查，共回收了四二三份有效問卷。	本研究以臺灣五個助人專業學會 2007 年之會員 2,005[12] 名為對象，以自編之 46 題倫理信念、行為問卷進行調查，共回收了 423 份有效問卷。

[11] 注意，含小數點的數應一律以阿拉伯字表示。

[12] 四位及四位以上的阿拉伯數字應加撇節號以別於西元年分。

本章習作

　　請根據本章所列的準則修訂以下三篇文字：

1

　　相對於「雙重關係」在很多倫理守則裡的規範是「避免（avoid）」，而「性關係」在大多的倫理守則（如 APA、ACA 中）則是清楚地規範「不可以」（do not）。本研究顯示有三位專業人員和目前個案有性關係，因此是很清楚地違反了倫理法則。有一位是和「結束後的當事人有性關係」，在 APA 及 ACA 的守則皆明訂必要在結束會談關係在兩年後，並須能證明其中無剝削成分及其他相關條件下，與前個案有性關係才不違反倫理守則。本研究同時還顯示有三位受試者認為和目前及結束會談的當事人有性關係是「非常適當」。雖然以上的數字相較於美國的研究結果，國內的這方面問題似乎並不嚴重，但由於這問題的敏感度，研究者相信以上這數字絕對是低估，無法真實反映國內助人專業者與個案有性關係的嚴重性。同時這裡不只反映這方面的倫理教育須加強外，也突顯，在我國目前沒有一個法令及組織可以規範這些明顯的違反規範及失職的人員。一方面我國相關領域的學、協會並無倫理委員會的設置及申訴程序的設計，另一方面這些學、協會也未有制裁、規範的有效權力。因此倫理委員會的設置、處理申訴案件及有效地懲戒失職人員的措施真是刻不容緩之事了。

2

　　以直接教學法來教導閱讀困難學生的閱讀教學之研究甚多且有明顯之成效，如國內部分發現廖鳳伶（2000）以國中一年級 30 名低閱讀理解能力進行直接教學法與全語教學教授，共分直接教學組、全語教學組和控制組三組，其三組分別教導 8 節課（45 分 /1 節），控制組同時間閱讀同樣教材，但不接受任何教學活動，而結果顯示對低閱讀能力學生有顯著效果。而在國外部分則有進行閱讀能力之改善有良好之成效，如 Haring 和 Bateman（1977）以學習障礙學生探討直接教學法在閱讀教學的成效……

　　綜合上述教學成效之分析可以了解到直接教學法對閱讀困難的學生有很正面的影響，雖有少部分未達統計上的顯著水準，但亦有其進步的趨向。……

　　……但 Pullen（1999）說過 DI 在美國可以說用得很成功，但是只有少數人會用。可見教師若要抓住 DI 的精華是件不容易的事，但相信只要有心，清楚了解直接教學法的實施，並持熱心、不氣餒的精神來幫助學生，相信對閱讀困難的學生一定會有所佳績的表現。

3

　　……這些女性球員及運動受到的重視，也間接投射到慶祝現今社會對性別平等待遇的課題上。當今美國職業女籃聯盟及其贊助廣告商所「販賣的」的確不單單是籃球運動而已，他們其實更像在推動社會潮流中的一種進步。換句話說，鼓勵、推展及重視女性運動，在社會學角度上看來是一種政治正確。

　　……席爾氏百貨公司在近年就推出一支廣告：「這些年來，成千上萬的女性從席爾式的門口穿過，然而今天席爾氏要打開一扇不同的門。席爾氏感到十分榮幸，能成為美國職業女籃賽開幕球季的贊助商，我們將為美國職業女籃賽的女性運動員撐著這扇新開啓的機會之門。我們為這些有天分的女性運動員感到驕傲，我們為她們稍遲的到來掌聲鼓勵。……美國職業女籃與其他的贊助商，在近三年來，……我國女子籃球運動在近年來的發展，……以往的四支甲組女籃隊在去年亦加入男子超級籃球聯賽（SBL）……在今年第二季女子超級籃球聯賽中，……似乎還沒有一個聯盟似的組織作為整體的架構，而報章雜誌除了對賽程及賽事結果做簡略的報導外，似乎沒有像美國職業女籃聯盟般的將女性主義的意識形態掛在胸口，贊助廠商也比較沒有運用女性主義來作為其商品行銷基調。……

　　……

　　第一，諸多報導中指出錢薇娟的父母本是指望她學鋼琴，邁向音樂領域之路，但渾身是勁的她，卻「抗命」選擇了籃球

運動。報導中還提及到 …… 在晚近臺灣社會發展日趨重視男女平等，雖早期女性主義的工作仍繼續進行，…… 其所出的音樂專輯《快樂高手》，據說銷售量不錯，…… 在身為一女性籃球員，並能多方面兼顧其他事業，錢薇娟的成功例證，往往成為其他年輕女性心中效法的對象。但身在似乎邁入後女性主義社會的二十一世紀，在臺灣有多少女性運動員可以像錢薇娟如此幸運，其他人的不幸運是該怪罪於自己能力不足，還是一些社會大環境的制約呢？…… 錢薇娟以「非大女人主義」及「擁有成功事業」為女性主義做宣傳，其回答與一般後女性主義影視媒體中表現女性晚婚的焦慮大異其趣，…… 雖說其行銷策略遭受到許多傳統女性主義者的抨擊，認為其有意粉飾太平，且將女性主義政治性利益導向商業。但對一般女性大眾消費者來說，其行銷策略注入性別平等、女性抬頭等概念，卻也有助於喚起女性大眾從事運動意識。而在臺灣，女子籃球運動的知名贊助商較為缺乏，媒體對女子籃球運動的報導是賽程及球員各半，行銷方面靠明星球員個人為主，籃球國手錢薇娟的例子，算是女性主義中提倡女性自主及視野、進取的展現，她的成功的確對社會上諸多欲從事籃球運動的年輕女性立下好榜樣。但國內有多少位像錢薇娟這樣的籃球明星可以替女子籃球運動做行銷呢？在錢薇娟之後，又有誰來繼承她媒體中的位置呢？

第三章

研究寫作的特殊規則

本章提綱

　　◎一律使用第三人稱

　　◎使用西元紀年及絕對指標

　　◎注意邏輯並釐清因果

　　◎平鋪直敘移除贅字

　　◎研究文字中宜有的避忌

　　　　一、避免不定數詞、量詞及加強詞

　　　　二、勿隨意使用縮寫及節略字

　　　　三、忌誇大不實

　　論文的文詞還要純樸無華，要用平實的字和標準的寫法，不要用象徵性或隱晦的文學描述手法。寫作中涉及其他人的工作或研究成果時，盡量列出他們的名字。

　　另外一些比較重要的準則在下面各節中有擇要的說明。

 ## 一律使用第三人稱

　　不論是撰寫中文或英文的論文或研究報告，一般都建議使用第三人稱的客觀方式，而不用「我」、「我們」、「本人」、「你」、「你們」、「*I, me, us, we, our, ours, you, your, yours*」等第一或第二人稱做敘述，

對於這一點，有些學者提出不同的看法，但是，基於以下的認知，要求論文中使用第三人稱的確是合理的方式：

1. 在研討會或其他公開場合發表論文時，可能有由作者本人以外的人士代表宣讀的情形，這時若讀到「我」或「我們」，會造成「作者」與「宣讀者」間身份的混淆。

2. 一般期刊登載論文時，會要求作者轉移著作權給相關出版者，期刊只負責刊登論文，而論文中的研究結果並不是出自該期刊，因此約定俗成，刊登的論文一律表明立場，說那些結果是「研究者」的研究所得，而不是該期刊的研究所得，如此可以避免因為使用第一人稱（尤其是「我們」）而產生混淆，此舉有如電視談話節目在收場前表明「以上言論不代表本臺立場」。

3. 論文所敘述的是研究所得來的客觀事實，任何研究所得到的若是真理，則只要是用同一個方法去做相同的研究，不論是什麼人所得的結果都應該相同，因此，論文中使用「本研究 ……　」，（而不用「我的研究 ……　」、「我們的研究 ……　」或「本人的研究 ……　」等），來代表「這種研究」或「這類研究」，以免研究者在受到檢驗時祭出「我們的研究結果是這樣的，別人的研究結果如何不關我們的事 ……　」的遁詞。

　　「我國」一詞，屬於第一人稱，在國際討論會中，文中的「我國」到底是星加坡、臺灣、中國，還是其他使用華文的國家呢？所以，從國際化的眼光來看，應該避免使用「我國」，至於「祖國」、「母校」等亦屬不宜之列，應分別以國名、校名代替。

　　又，「吾人」這個第一人稱代名詞，不文不白，可能是民國初年（1910 年代）白話文運動期間翻譯西文時，用來承接外文裡的第一

人稱（如英文中的 *We, I* 等）的，但是在許多情況下，中文句子裡的主詞即使省略也不致影響文意，因此這個怪異的代名詞早就可以從任何文章中淘汰：

原文	建議修訂
在開發此分散式遠端監控水產養殖資訊管理系統前，吾人曾參考某品牌所開發出來的水產養殖自動化系統 ……	在開發此分散式遠端監控水產養殖資訊管理系統前，研究者曾參考現有的水產養殖自動化系統 ……
吾人為了解決資訊檢索的難題，也必須發展適當的元資料格式描述繁雜的電子文件，讓使用者真正得到網路時代帶來的好處。	為了解決資訊檢索的難題，也必須發展適當的元資料格式來描述繁雜的電子文件，以讓使用者真正得到網路時代帶來的好處。

　　另外，「筆者」亦有第一人稱的味道，可以用「作者」來代替。只有「本研究」、「本論文」乃是直指該文作者所做的該項研究或該篇論文本身，沒有誤會的餘地。

　　當然，在直接引用他人的談話或文字時，自然要原文照引，切莫矯枉過正，自作主張地修改原有的第一或第二人稱敘述。

使用西元紀年及絕對指標

　　論文中的一切非西元的紀年都應該轉換成西元紀年，因為學術研究是國際性的活動，而西元則是公認的國際性紀年方式，正如「平成 10 年」對非日本人士缺乏意義，「中華民國 80 年」對其他國家人士的意義也不大，同理，我們也不能奢望國人知道光復前三年到底是多久以前，因此不但投稿到國際性的期刊時應該注意這一點，即使是僅

在臺灣流通的各學報，也應要求作者做到這一點。

　　你的論文中若還有使用到民國紀元之處，就該考量到非本國人士引用的可能性而予以西元化，此外，在必須用到歷史朝代紀元的地方，亦應附上其對應的西元年代，不然「漢文帝 15 年」與「漢元帝永光元年」到底孰先孰後，一般人從何得知？因此，研究者──特別是從事文獻研究的人，不要忽略了與下例原文中相類似的缺陷：

原文	建議修訂
漢靈帝中平五年，日色赤黃，中有黑氣如飛鵲，數月乃銷。 　明熹宗天啓四年日赤無光，有黑子二三蕩於旁，漸至百許，凡四日。 　葉乃嘉（民 93）認為知識管理系統平臺的主流有兩類……	漢靈帝中平五年（西元一八八年），日色赤黃，中有黑氣如飛鵲，數月乃銷。 　明熹宗天啓四年（1624）日赤無光，有黑子二三蕩於旁，漸至百許，凡四日。 　葉乃嘉（2004）認為知識管理系統平臺的主流有兩類……

　　要是期待自己的研究結果長久有意義，希望自己所寫的論文長久存在，則在論文中提到時間的時候，就該避免使用像「今年初」、「過去十年」、「本世紀」等類的相對性時間敘述，至於像「最近」、「晚近」、「近年來」更是鬆散。例如：

　　　近年來旅遊產業突飛猛進，相關業者紛紛投入……

　　這個「近年來」只是作者順手拈來的泛泛之談，完全沒有說明到底是多少年以來，也沒有引用參考文獻來支持此說，是極不負責任的寫法，跟本不宜用在論文之中。

　　相對時間會隨時間的不同而改變，比如說，1999 年的「去年」與 2007 年的「去年」就代表不同的時間，1980 年的「本世紀中期」到了 2005 年就失去了原意，1990 年的「未來十年」到了 2000 年便成了「過去十年」，但是「二十世紀」在 1956 年、1999 年甚至到 2038 年都代表了 1901 到 2000 年這段時間。

　　我在 2003 年讀到了一篇寫作於 1997 年的論文，其中有一句話：

　　本世紀中期的名作家巴金……

　　還好，論文發表的年代不久，我也還知道巴金這號人物，因此沒有發生疑問，要是有個對巴金沒什麼概念的人在 2050 年讀了這篇文字，你認為他是不是能快速掌握文中所要描述的時代背景？

　　「予人方便，自己方便」，所以應該隨時以讀者的立場來看自己的文字是否易於閱讀、易於了解。

　　所以，不論是中英文，論文中任何有關時間的描述都應該以絕對時間表示，例如：

原文	修正後
過去五年間	從 2000 年到 2004 年
上世紀	二十世紀
十年前	從 1995 年起

　　除了避免使用相對時間外，內文敘述還應避免相對性的指標，凡有所指，均應以絕對指標為之，例如：

相對性指標	絕對指標
如下圖所示， 上表的數據顯示 前頁所述之 ……	如圖 2-1 所示， 表 5-1 的數據顯示 第十頁所述之 ……

　　還有，「國內、國外、本國、本公司、本單位、本機構、本校」等等，均屬相對性指標，在論文英譯供國際人士閱讀時時，會造成讀者的困擾。試想，在閱讀該文獻的時候，鴻海與臺積電員工立場的「本公司」顯然不同，臺灣大學與清華大學教職員生觀點中的「本校」當然也非同校。故在論文中提及所屬國家或單位時，宜使用其所屬國名或單位的名稱。

　　而在文獻中不論任何人所讀到的「本研究」、「本論文」、「本章」、「本節」，都是直指該研究、該文、該章、該節本身，可以放心使用。

注意邏輯並釐清因果

　　論文的主體應該包含事實、結論和所引用的研究與推理的方式，直線性的邏輯是良好論文的基石，紮實的論文主體應該有個線性的組織，完整而邏輯地從引用的事實導出最後的結論，不然，論文會讓人難以捉摸。例如：

原文	建議修訂
…… 本研究在量的研究方面顯示出的最嚴重的問題卻是，大多的受試者誤認為「對個案承諾絕對保密」是助人專業者應有的倫理行為，如本研究顯示有 79.7% 的受試者認為該對個案承諾絕對保密，也	…… 助人專業工作者不應對個案承諾完全保密，但本研究顯示，有 79.7% 的受試者誤認為「對個案承諾絕對保密」是助人專業者應有的倫理行為，也有 63.9%

有 63.9% 的受試者經常如此做，皆表示助人專業者對這方面最新資訊的不足。事實上，助人專業工作者須告知個案保密的限制（也就是不對個案承諾完全地保密）。（149 字）	的專業者經常承諾「絕對保密」，這表示業者對保密限制方面的資訊不足。（93 字）

　　原文除了文理不太通順之外，其寫作邏輯也容易讓讀者開始時一頭霧水，不知到底「對個案承諾絕對保密」有何不對？一直要到該段的最後，讀者才會發現，原來行規中早有「不應對個案承諾完全保密」的限制，因此對個案是不宜對個案承諾絕對保密的。

　　既然如此，為什麼不依照線性的邏輯，先說明原因再敘述結果？

　　修訂後的文字重整了原文的混亂邏輯，不但精簡了篇幅，也顯得容易了解得多了。

　　下例的原文原文的邏輯鬆散（見隨文所附之註腳），雖已經過文字上的修訂，但邏輯上的缺陷在此無從修正[1]，希望讀者不要犯同樣的錯誤：

---

[1] 首先，APA 自自 1953 年起訂定專業倫理守則，至 1992 止，歷經九次修訂，其修訂頻率為四至五年一次；其次，ACA 自 1961 年即訂定專業倫理守則，至 1995 年止，歷經五次修訂，其修訂頻率為六至七年一次。反觀中國輔導學會會員專業倫理守則自 1989 年訂定，至 1997 年的八年之間若完全未經修訂，也還算落在美國之後。可是精神衛生法於 1990 年訂定之後，在 1992 年 10 月就修訂成精神衛生法及其施行細則，社工師法則在 1996 即修訂完成，修訂頻率為三到四年一次，比起美國標準尤有過之，作者是出於什麼樣的邏輯來「可見專業學會對倫理工作的推動及管理則仍侍加強」？

原文	建議修訂
……在這些努力，以美國心理學會（APA）為例，其自 1953 年起即訂定專業倫理守則，至 1992 年最近一次修訂，其間共經歷九次的修訂；而美國諮商學會（ACA）自 1961 年起即訂定專業倫理守則，至 1995 年最後一次修訂，亦經過了五次的修訂，經過時代的演進，諮商助人專業的立法精神已由保障個人權益逐漸進入既保障個人權益也保護社會公共安全的概念。反觀我國中國輔導學會的會員專業倫理守則，則自民國七十八年訂定至今[2]，已有八年的時間，仍未曾修訂完成[3]，而精神衛生法於民國七十九年訂定，民國八十一年十月修訂為精神衛生法及其施行細則，社工師法則在民國八十五才修訂完成[4]。可見專業學會對倫理工作的推動及管理則仍侍加強。	……在這些努力中，美國心理學會（American Psychologgical Association, APA）自 1953 年起即訂定專業倫理守則，至 1992 年的最近一次，共經九次修訂；美國諮商學會（American Counseling Association, ACA）也自 1961 年起即訂定專業倫理守則，至 1995 年最近一次，也歷經過五次修訂，經過時代的演進，美國的諮商助人專業的立法精神已由保障個人權益逐漸進入既保障個人權益也保護社會公共安全的概念。 反觀臺灣之中國輔導學會會員專業倫理守則，則自 1989 年訂定至 1997 年，已有八年的時間，仍未修訂完成，而精神衛生法於 1990 年訂定，1992 年 10 月修訂為精神衛生法及其施行細則，社工師法則在 1996 才修訂完成，顯示專業學會對倫理工作的推動及管理則仍侍加強。

---

2 如果這一句是「自平成八年訂定至今」，讀者會曉得到底是哪一年嗎？

3 到底是「未曾修訂」還是「未曾修訂完成」？要怎樣才算完成？APA 的專業倫理守則經 1992 年的修訂後，算是完成了嗎？

4 「社工師法」與「精神衛生法」有何淵源？它們有傳承關係嗎？如果沒有，作者在此提起「社工師法」的目的為何？所謂在民國八十五「才」修訂完成，比起 ACA 專業倫理守則 1995 年的最後一次修訂，不過晚了一年，算是晚得「可見專業學會對倫理工作的推動及管理則仍侍加強」了嗎？

　　要把論文的組織架設出來，就得先理出論文的要點，一個接一個地，從開始到結束，環環相扣，由前一個要點引入後一個要點，上一個要點引入下一個要點，遵循線性的邏輯，走最直、最短的路，直到導出結論為止。寫作論文是一個刺激腦力的工作，清晰的思維才能創造理路清晰的文字。

　　組織論文較好的方法，是在電腦上把每一個構想大略打下來，把每一個不同的構想記錄在不同的段落上，再把它們分類和編組，看看：

1. 哪個構想應該和哪個構想放在一起？
2. 哪個應該排在第一？
3. 哪個應該跟隨在後？

　　這樣自然有助於思考的過程。

　　先看一個「用本末倒置的立論來責人立論不允當」的有違邏輯的例子[5]：

　　　　章太炎、劉申叔把蘇洵說成縱橫家或兵家，以先秦之流派，套後來之人物，方法錯誤[6]，立論自難允當。

　　把蘇洵說成「縱橫家」或「兵家」，就像把韓愈、朱熹等後人說成是「儒家」一樣，並不離譜，反倒是把孟子說成是「民主黨」、把墨子說成是「共產黨」才是亂套。

　　又，除了在導證科學定理或演繹數學方程式這類可以導向固定

---

[5]　吳孟復、詹並園，〈蘇洵思想新探〉，《安徽大學學報（哲學社會科學版）》1982 年第三期。

[6]　以先秦之人物，套後來之流派，才是方法錯誤。

結果的運算過程之外，不應該隨意使用「由 …… 得知」、「由 …… 可知」。舉例來說：

1. 由本研究之數據可知，學校暴力已經是全面性的問題了。
2. 本研究的數據顯示，學校暴力已經普遍化了。

第一句的語意中，有該數據已經證明了「暴力已經全面性」的味道，第二句的語意則比較保守，只有「根據該數據來看，暴力已經有普遍化的趨勢」的意思。請細心想一想，單憑任何人力所及的研究，怎麼可能「全面證明」任何社會議題呢？

藝術及社會科學方面的一家之言絕對不足以代表真理，所以要盡量避免這類的語法：

1. 根據表 4-5-3 的統計結果可知 ……
2. 由上可知，在職已婚婦女參與進修時，遭遇最大的學習阻礙是 ……

而應代以：

1. 表 4-5-3 的統計結果顯示 ……
2. 根據以上的數據，在職已婚婦女進修時的最大學習阻礙乃是 ……

研究工作像辦案，研究結果就像偵查結果，並不是判決，研究者只是指出研究結果，只能說：

> 調查結果顯示某某是嫌犯。

而不能說：

> 由調查結果可知某某是真兇。

以下再舉些語意和邏輯上可能犯的毛病：

原文	建議修訂
作者於探究國內[7]助人專業者對倫理信念與行為現況的研究中發現國內普遍[8]助人專業的倫理問題[9]，並從學會、機構、政策及教育等方向，提出寶貴的[10]建議，期能改善[11]助人專業倫理現狀，建立專業服務的品質與形象。	作者研究臺灣助人專業者的倫理信念與行為現況，發現該專業倫理上的一些問題，並就學會、機構、政策。及教育等方向，提出建議，期能有益於改善該專業的倫理現狀，並有助於建立專業服務的品質與形象。

行文到此，來看一個與論文無關的糊塗邏輯例子。

我在某市區看到許多地方立的交通警示牌寫著：

> 此處禁止違規停車。

---

[7] 在論文中提及所屬國家或單位時，宜使用自己所屬的國名或單位名稱。任何著述都應考慮讀者的觀點，作者的「國內」不見得是讀者的「國內」。

[8] 「普遍」雖然不像「全面」那樣具有概括性，但也應該小心使用，不宜浮濫。

[9] 句子過長，難以掌握應有的文意。

[10] 在任何文字中都應該注意禮儀，不宜自大。建議的「寶貴」與否，應由受者來判斷，作者自己不宜如此失態。

[11] 「建議」或可有助於「改善」，光是「建議」並不能「改善」。

不知是否因為有別的地方「准許違規停車」，所以該地的交通管理單位方才立下這種「禁止違規停車」的警示，有別於「禁止停車」，以示鄭重。

平鋪直敘移除贅字

論文是一種研究過程的敘述文體，不同於社論、小說或抒情文，因此要保持冷靜的「撲克面孔」，不要像下例這樣賣弄懸疑：

> 本研究有個驚人的重大發現，由於說來話長，我們將在另一篇論文中詳細敘述。

像下面這樣的情緒性的抨擊也該避免：

> 本研究的發現證明了○○氏的觀點只是一廂情願，與事實大相逕庭，令人懷疑其研究動機。

另外，也不要使用像下句這種自問自答的疑問句型[12]：

> 本研究到底發現了什麼前人所未重視的現象呢？讓我們長話短說，那就是……

論文不用高潮迭起，只宜依照規格，按部就班地將事實平鋪直敘，例如上述三個句子就可以改成：

---

[12] 但是疑問句型可用在提出疑問供讀者思考之時。

　　本研究發現了一個前人所未重視的現象，即……，與○○氏的觀點有所不同。

作者不用在論文中強調自己的辛苦：

　　作者在歷盡千辛萬苦方才完成研究。

論文裡也用不上類似下例的應酬性謙詞：

　　本文只是在這些新的成果鼓舞和啓發下，應有關人士之約而臨時塗寫的兩則短論。

作者何德何能，他「臨時塗寫」的東西竟要別人花時間加以重視？此外，大言自詡亦爲論文所不取：

　　本研究團隊提出了空前的研究成果……

　　研究成果的「空前」與否，應由讀者依所提供之證據來判斷，作者自己不宜如此失態。其實，在任何文字中都應該注意禮儀，不宜自大。還有，火星文、驚嘆句型、口語式的字尾（如：啦、吧、喔、喲、哦……）、悲憫的訴求和對研究環境、人事和政治的感觸等等，均在避免納入論文及研究報告之列[13]。

13　如果實在是有感而發，難以自己，可以把這些寫在自己的研究日記裡，供自己欣賞或與論文另外發表。

有效改善文章的方法之一是刪除不必要的用字、用詞和用句。記住一個原則：說得多不見得更有效。我們且從身邊一些鬆散的句子中，找出各該作者無法精確表達的某些例證。先看第一個例子：

> 　　<u>當</u>你將壓縮檔存放路徑設定為軟碟（如 A 磁碟機）時，便能啟動多重磁片之功能，<u>讓一個數</u> MB 的大檔<u>能夠</u>分割成數片低容量的磁片，方便檔案<u>的</u>轉移。（64 字）

　　注意上文中畫底線的部分，首先，「當」是中文西化的產物，在中文裡有不如無。其次，像「讓一個數 MB 的大檔能夠……」這個句子，除了多堆疊幾個字，讓句子更長而無當之外，把文字搞成這樣實在沒有特別的道理。最後這個問題比較小，「檔案的轉移」只是多了一個贅字。

　　綜上所述，我們可以把上例改短將近 15%：

> 　　將壓縮檔存放的路徑設定為軟碟（如 A 磁碟機），便能啟動多重磁片的功能，把數 MB 大的檔分割至數片低容量的磁片，方便檔案轉移。（57 字）

　　再來看看其他的例子：

原文	建議修訂
這或許也正是「職業進展」為何是在職已婚婦女*參與進修學習*最主要的動機<u>因素</u>。以 Engelmann <u>為主要靈魂人物</u>所創立的直接教學法……	因此，「職業進展」或許正是在職已婚婦女進修學習的最主要動機。以 Engelmann 為主所創立的直接教學法……

婦女在工作、家庭的雙重角色下，選擇參與進修的學習動機因素，其主要考量的層面因素…… 這篇佳作在例證中的失實之處，在一定程度上 [14] 削弱了論證力量。	婦女在工作、家庭的雙重角色下，選擇進修的主要考量因素…… 這篇佳作因為例證失實而削弱了論證的力量。

　　像原文那樣拼湊字數，堆疊數個動詞（如：參與進修學習）或名詞（如：動機因素）來累贅敘述的寫作方式，不論在社會科學或自然科學的論文中，都相當氾濫，而且這種寫法不是學生所專有，犯此病的教師也所在多有。

　　說話的時候，話似乎自然出口，仔細想時竟不知這些話是怎樣組合而成，甚至連如何開始、如何結束都不太覺察。像這樣說話不打草稿，沒有多餘的時間可以潤飾，因此它結構儘管鬆散些，也無可厚非。但是，寫作就必須比說話精確得多，因為，任何端上檯面見人的作品，事前都已經有機會加以修飾，如果品質還是像不經心就脫口而出的話一樣，就是不負責任了。

　　再看幾個累贅或不精確的句子：

1. 將此選項圈選
2. 這對於現代的知識人而言，已經不能作為藉口
3. 也對它的用處和用法不十分明瞭
4. 就一定要對市場上的商品進行全方位了解

---

[14] 「在一定程度上」為中國大陸人士所慣用，似乎源自英文中的 in a certain degree，是意義含糊的贅詞，不宜用於論文之中，即使在其他應用文字之中也嫌多餘。

5. 假使有需要阻擋過大容量的信件的話
6. 可以在知識管理的訓練中，將自己各該方面的技能加以累積
7. 有時候我們經常的會收到一些沒有寄件者名稱或沒有收信
　　者名稱的廣告垃圾信

　　——簡化之後就成了：

1. 圈選此項
2. 現代的知識人已經不能把這作為藉口
3. 也不十分明瞭它的用處和用法
4. 就一定要全方位地了解市場上的商品
5. 假使需要阻擋容量過大的信件，
6. 可藉知識管理的訓練，累積自己各該方面的技能
7. 我們經常會收到些沒有寄件者或收信者名稱的垃圾信，或有
　　時我們會收到些沒有寄件者或收信者名稱的垃圾信

　　還有一個日漸氾濫的語病，那就是「做……的動作」這種句型，
如今已經到了成災地步，連寫作也受到牽連，例如：

1. 我吃過飯第一件事就是進入書房開始做寫作的動作。
2. 大家注意，最近上面隨時會來做查帳的動作。

　　至此，我倒要問問常常使用這種句型的朋友，「做吃飯的動作」
到底有沒有吃飯？而「做跳樓的動作」又真的跳樓了沒有呢？

　　因此，要是能剷除「做……的動作」這種句型，就可說是功德無量了：

> 1. 我吃過早飯第一件事，就是進書房開始寫作。
> 2. 大家注意，最近上面隨時會來查帳。

　　下面這段論文摘要的原文，在短短的 319 字裡，就出現了句子不完整和主詞不明的問題，還有些無助於文意的、堆疊起來的名詞或動詞。很多以中文寫的論文都有這類的毛病，文字不中不西，沒有掌握到西方文字的優點，卻又失去了中文的原味，所謂的「邯鄲學步」，就是這種情形的寫照：

原文	建議修訂
「品質成本報導制」強調藉由[15]「成本揭露與報告」的模式，可使「品管相關作業」獲得有效的績效評估與稽核管理，並促成品質經濟化與效率化的目標[16]，一舉解決企業多年來品質與成本無法兼顧的困擾，而備受歐、美產業界所重視，同時也引起國內部分廠商對品質成本制（Costs of Quality）的注意與引進實施。本研究採實證研究的方式，針對國內前五百大製造業，首先進行「品質成本實施程度」之狀況調查，再繼之探討國內	品質成本報導制（Costs of Quality, COQ）強調，藉由成本揭露與報告的模式，可以有效稽核管理品管相關作業並評估其績效，從而促成品質的經濟化與效率化，解決多年來企業無法兼顧品質與成本的困擾，因此，COQ 備受歐美產業界所重視，國內部分廠商對其亦加以注意，並且開始引進實施。本研究採實證研究的方式，調查了國內五百大製造業品質成本實施的模式

---

[15] 把相同詞性的詞堆疊起來而未使用適當的標點符號。

[16] 遣詞累贅，語意纏夾。

企業的品質成本實施模式。依本研究對國內製造業實施品質成本模式，以及品質成本實施程度，調查結果有 [17]：國內五百大製造業品質成本制度之推行現況、品質成本資料之蒐集與彙整模式與品質成本管理體系之執行現狀。（319 字）	及程度，得出其品質成本 1) 制度推行現況，2) 資料蒐集與彙整模式，3) 管理體系執行現狀等調查結果，並分項探討之。（201 字）

　　修訂之後的文字清除了原文的毛病，只需要不到三分之二的篇幅，文意清楚得多了。

　　另外，下面的句子也有贅字：

> 他用手摸摸自己那佈滿皺紋的額頭……

　　這個人摸自己額頭的時候用的如果是腳，那就值得強調「他用腳摸摸自己的頭」。

　　試想，哪個人摸自己頭的時候用的不是手？請問你要怎麼改上面那個句子？

研究文字中宜有的避忌

一、避免不定數詞、量詞及加強詞

　　即使是質性研究文字，在遇到量的描述時，也應該使用確切的數量代替不定的數量詞，因為任何研究裡講求的都應該是確切的證據及數據，不應該有含糊的敘述。以下舉出一些不恰當的例子：

---

[17]　句子不完整（incomplete sentence）。

> 受試者對專業倫理的信念大致正確。
>
> 大多受試者在四個主題上倫理觀念不正確，此四主題分別爲：(1) 過分承諾絕對保密、(2) 未善盡預警責任、(3) 未避免雙重關係及 (4) 未充分尊重及告知個案權利。
>
> 有高比率之受試者顯示其信念不正確而這些情境也有高比率的受試者顯示經常發生不合倫理行爲。
>
> 有相當比率之受試者不知道正確的倫理信念爲何。

上述例子中斜黑體字所示的量詞，沒有任何一個有可供共同認定的標準：

1.「大致正確」到底是多正確？
2. 到底要多少才算「大多」？
3.「高比率」與「相當比率」到底有何差別？

任何無法用確切量詞說明的東西在論文裡沒有加值的效果，可以一概刪去。表 3-1 中所列的不定的數詞、量詞、形容數、量或程度的副詞，只適於寫作非論述作品時加強語氣之用，在嚴謹的論文寫作上應該避免。

表 3-1 　研究論述中不宜使用之不定數或不定量詞

含糊的用法	論文中宜用
不多、很多、相當多、大多 …… 等等	明確的數或百分比
有些、好些 …… 等等	
部分、一部分、小部分、大部分、極大部分 …… 等	
近乎全部、幾乎沒有 …… 等等	
少數、極少數、多數、絕大多數 …… 等等	

另外還有些口語上習而不察的毛病殃及文字的例子：

原文	建議修訂
《太平廣記》全書五百卷，目錄十卷，專收野史傳記和以小說家為主的雜著，引書大約四百多種。	《太平廣記》全書五百卷，目錄十卷，專收野史傳記和以小說家為主的雜著，引書四百多種。

這「大約四百多種」、「四百多種以上」，和更是一筆糊塗帳的「大約四百多種以上」，簡單說起來不就是「四百多種」、「超過四百種」或「四百種以上」嗎？

應該沒有必要這樣「大概或者也許是，應該恐怕差不多」地畫蛇添足一番吧？

二、勿隨意使用縮寫及節略字

有些人有動輒使用英文字首縮寫（Acronyms）的習慣（像是 DIY、DM、CNS 等等），認為只要寫出來就該有人認得。事實上，任何一個英文縮寫字都可能不只代表一個意義，例如 DM 就可能是 direct mail, direct marketing, distribution materials, data management, Deutsche Mark 等等，你若不加指明，難以判斷指的是哪一個。

即使是專業人士對自己專業中使用的專用縮寫也不見得能夠完全清楚，因此，在使用論文專業範圍內所熟悉的縮寫時，也應該在題目、摘要或關鍵詞中至少出現一次全稱。作者雖可以自己擴充縮寫詞，但必須在該縮寫詞第一次出現時用括弧將全稱括在裡面。

中文論文中第一次使用英文名詞縮寫時，不應像下例原文那樣直接在中文譯名後標出縮寫，而務須寫出原文全稱，在原文全稱之後才

標出縮寫：

原文	建議修訂
直接教學法（DI）是根據行為分析理論而來，以工作分析為架構，用編序的方式來設計教學，並以系統化來呈現教材的一種具高度結構性的教學法；文獻中以 Engelmann 為主要靈魂人物所創立的直接教學法模式（DISTAR）來教導閱讀困難學生，可以增進其閱讀能力，本文將介紹 DISTAR 及其實驗成效的探討。	直接教學法（Direct Instruction, DI）是根據行為分析理論而來，DI 以工作分析為架構，用編序的方式來設計教學，並以系統化來呈現教材，是一種具高度結構性的教學法；本研究旨在探討 1）以 Engelmann 為主所創立的直接教學法（Direct Instruction System for Teaching Arithmetic and Reading, DISTAR），及 2）以 DISTAR 教導閱讀困難學生以增進其閱讀能力的成效。

三、忌誇大不實

這是某篇碩士論文的緒論中出現的一句話，作者是位來上我論文寫作課的英文老師：

> 　如果無法精通英文，就錯失了與世界接軌的機會，甚至喪失了各種生存的工具。

事情真的有這麼嚴重嗎？

其實，有好多中學英文老師的英文水準，都算不上精通，但也無礙他們以英文來謀生。

那位同學之所以有這神來之筆，並非因為他真的認為英文能力對人生有如此決定性的影響，而只是不知從何處隨手移來，不假思索地

填到論文裡。

　　我一向眼尖，發現了這種英文補習班可能會喜歡的廣告詞，遂將之改成：

> 　　如果能夠精通英文，就多了一種謀生的工具，也增加了與世界接軌的機會。

　　再來看看一家數學補習班的廣告詞：

> 　　從學習數學中提升孩子解決問題的能力，以因應未來人生所有的考驗。

　　學習數學若可以提升解決問題的能力，又可以因應人生所有的考驗，那麼，對感情處理、婚姻關係、子女教養、事業開發等沒有很大能耐的人，是不是得好好反省自己數學有沒有學好？

　　學好數學居然可以因應人生所有的考驗，那麼呼好口號何嘗不能提升國人對經濟問題的解決能力？因此我試擬了這一句：

> 　　用拚經濟的口號，來提升國人對經濟問題的解決能力，以因應未來世界變遷的考驗。

　　這句話當然是有如說夢。

　　在此奉勸，論文裡千萬別出現這種貌似有理的無厘頭妙論。

第四章

研究論述的文字校閱

本章提綱

　　◎文字校閱原則

　　◎文字校閱實例

　　◎本章習作

　　合格的研究文字應該能精確而不偏頗地表達研究的成果。文字的表達能夠讓知識流傳至未來，口頭的表達則能將知識傳達給廣泛的大眾，不論是文字或口頭的表達，都能夠擴大知識的傳播。

　　好的文字有些放諸四海皆準的原則：

1. **架構清楚**：文字的組織架構宜清楚易懂，各章節的篇幅比例宜分配均勻，各章節要層次分明，標題亦應切合內容的重點。

2. **格式正確**：文字的格式於各學門的規定雖然不一，但紙張、字型、字級、行距、註腳、列舉、標點、頁碼、圖表等，都應循一定的格式與規則，不應自行隨意設定。

3. **內容客觀簡潔**：文字應力求簡潔，避免用誇大的或情緒性的用語，且不應刻意將研究導向自己希望的結果，以免有違客觀性。

4. **文獻的探討切合主題**：所蒐集的文獻須加以適當地整合和評論，不要因為捨不得辛苦蒐集的文獻而在文字中塞進許多與研究目的無關的資料。

5. **分析有根據**：分析結果不能「想當然爾」，要能有幾分證據說幾分話，除了自己的研究結果之外，也可根據所蒐集的文獻做出適當的解釋。

6. **結論能扼要綜整前文**：結論部分是根據前文做的綜合整理，可對研究限制與建議提出論點，要能前後呼應，前文未提及的事項，不可突然提起，以免無法收尾。

　　還有，任何著述都應考慮讀者的觀點、閱歷，要簡明扼要，使用普遍詞彙，用自然體例寫作，不要任意使用行話或專用術語，也不要拖泥帶水。除了格式正確、架構完整外，文字應力求精確、通順和流暢，寫成的文字要能就思想條理和組織仔細修正，刪去重複及累贅，避免前後矛盾。

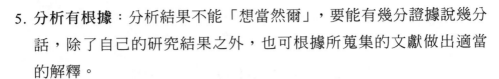

文字校閱原則

　　有些人沒法寫得好，其原因不在寫作技術或能力欠佳，而在心態上沒有以讀者為本位。

　　要讓讀者更能接受自己的作品，就應該避免以下幾點：

1. 誇大其詞、言過其實。
2. 含意不清晰或太艱澀難懂。
3. 使用過時的詞彙或冷硬的樣板文字。

　　要看自己有沒有這些毛病，不妨請第三者校讀自己的作品。

　　寫作者不時會有「想當然爾」的盲點，會不切實際地認為讀者要明白他們所寫的東西應該沒有問題。對於讀者的困難點，熟悉自己題材的作者有時不容易察覺，就像寫字潦草的人不見得知道別人看不懂他的筆跡，這時，就有必要請第三者來讀讀自己的文章，請他們把看

不懂的部分挑出來，還要虛心接受他們的意見。

有兩類人士可以在校閱論文上對我們有所幫助，一是對我們所研究的範圍有相當認識的人士，他們能夠在內容方面提出專業的建言；二是在經營文字上有能力的人士，他們則能夠在文字和修辭上提供意見。

不論校閱者是不是該領域的專才，只要有相當的閱讀和寫作能力，任何人都可能有助於改進我們文章的品質。因為第三者不太會像作者一樣，把許多應該說明清楚的事情「想當然爾」，反而可能輕易看出作者習慣性地忽略的地方，甚至能一舉發現作者讀了好幾次也沒發覺的錯別字或文法失誤。因此，虛心受教也是增進品質的大好方法。

但是有一點請注意，你若是以英文投稿，就應找類似領域內英文素養好的人來校稿，不要病急亂投醫，隨便找個翻譯社花冤枉錢。要知道，英語系國家的人不見得能寫出語意正確又完全合乎文法的英文，君不見許多華語系國家的人連用中文寫作都詞不達意？

至於遣詞用字，可以依下面幾個要點多加修飾，以期更具可讀性：

避免咬文嚼字

有些人偶然會在論文中加些流行或其意不明的用詞、引喻失義的成語，乃至放進一些自己引以為傲的「優美」文句，自信能增加文章的文藝氣質，但事實上，在應該平鋪直敘的論文、報告等應用文裡，這類文字的實用性有限，因此在改寫或刪除之列。例如：

原文	建議修訂
「高階主管之重視與支持」為成功推行 COQ 制的<u>不二法門</u>[1]	「高階主管之重視與支持」為成功推行 COQ 制的重要因素
學術界在此領域的發展亦<u>不遑多讓</u>[2]，成果亦多已提供企業於導入品質成本制時作為參考。	學術界在此領域的發展成果，多已提供企業作為導入 COQ 的參考。
由於企業在提升品質的同時亦可降低成本，因此改變了傳統高品質即高成本的<u>迷思</u>[3]。	由於企業在提升品質的同時，亦可降低成本，因此改變了「高品質即高成本」的傳統觀念。

　　以下的原文，出自第三章第五之三節中所提到的那位英文教師之手，也是其碩士論文緒論中的文字。跟同節所引的「英語補習班促銷文字」比起來，其戲劇化的程度不遑多讓。這種獨特的風格可能適用於演講詞或廣告詞，但請注意，我們寫的是論文，不要使用花俏文字來賣弄才情。

原文	建議修訂
網路社群的崛起，使英文的交流和運用更加活躍，雲端科技的快速發展，更加速這股熱潮的傳播，我們不能再屈就於雲端之下，必須提升自己的英文能量，才能在世界的遼闊天空遨遊，否則會失去競爭力且漸漸退出國際舞臺。英文的學習刻不容緩，但是如何運用正確的方式和策略，提升英文的能力，卻是我們的當務之急。	網路社群的崛起，使英文的交流和運用更加活躍，雲端科技的快速發展，更加速這股熱潮的傳播，提升英文能力可以增加競爭力，而如何運用正確的方式和策略來提升英文能力，乃是值得重視的議題。

---

[1]　「不二法門」肯定是言過其實，難道別的方法都無效或沒有必要嗎？

[2]　「不遑多讓」在此只是沒有根據的泛論，與學術論文並不協調。

[3]　迷思只是 myth 的流行中譯法，「高品質即高成本」的說法不見得是一種迷思。

刪除障礙性及不相關的陳述

　　有些人寫論文的時候會來一段開場白，開場白通常只是要為論文起個頭，不見得會直接觸及論文的主題，這類的開場白在演講的時候有暖場的效果，但是在講求簡潔的論文裡就不太有必要，因此不妨把這類不相關的文字給刪掉。例如：

原文	建議修訂
~~無線射頻辨識系統（Radio Frequency Identification, RFID）應用日漸普及。而~~ RFID 在導入圖書館的應用方面，目前只有使用在借還書以及書籍盤點。圖書館每學年配置預算添購書籍、雜誌給讀者閱讀，但是管理者對書籍、雜誌在館內的取閱率次數和閱讀時間仍無從得知……	無線射頻辨識系統（Radio Frequency Identification, RFID）目前在圖書館的應用上，只限於借還書及書籍盤點方面，以致管理者仍然無從得知館內書籍、雜誌的取閱率次數和閱讀時間……

　　把完成的論文朗誦一遍，如果在朗誦的過程中碰到唸起來不是很通順的文句，就該刪去或重寫，至於一些突兀而和上下文意不太相容的文句，當然可以大刀闊斧地除掉，這樣可以使整篇論文的文路更暢通，使意思表達得更平順。例如：

原文	建議修訂
使用 RFID 無線識別偵測的特性，來對圖書館的書籍、雜誌取閱次數和閱讀時間做研究和探討。未來進一步知悉讀者們的喜好，作為添購新書籍、雜誌的參考。 　　因此進修的時間點在婚前或婚後，是	使用 RFID 的特性來探討圖書館書籍、雜誌的取閱次數和閱讀時間，可以知悉讀者們的喜好，並進一步作為添購的參考。

否會造成已婚女性的參與在職進修的學習阻礙，值得進一步查證。	因此，在職婦女進修的時間在婚前或婚後，對其學習的影響有否不同，值得進一步查證。

適切分段及善用列舉

　　文章分段是一種迎合讀者心理的技術，分段良好的文章在外觀上較易吸引讀者，尤其對於比較生硬的論文式文字，更不要吝惜段落間的空行。文章分段的準則有二：

1. 在文意轉折時應該分段。
2. 要吸引讀者的注意時可以分段。

　　先看看下面左欄這樣一大段的引文，高達 761 字，乍看之下，連眼壓都會升高，也莫怪讀者懶於細讀。若是改成右欄那樣，使用分段或列舉的方式，則可以消除讀者的閱讀壓力，文字也更加清晰易讀：

原文	建議修訂
敦煌文書以手抄居多，其抄寫的精粗及書法的風格，與抄寫者有極密切的關聯。由於文書的出處不一，內容亦極為龐雜，故其抄寫者的身份亦有很大的不同，計有書手、官吏、經生、學子、僧侶、道士、民眾等。書手：是指治理文書，擔任抄寫工作的書吏。由於他們經過精良的專業訓練，故職司抄錄官府文書與儒釋道的重要	敦煌文書以手抄居多，其抄寫的精粗及書法的風格，與抄寫者有極密切的關聯。由於文書的出處不一，內容亦極為龐雜，故其抄寫者的身份亦有很大的不同，計有書手、官吏、經生、學子、僧侶、道士、民眾等： 書手：是指治理文書，擔任抄寫

典籍。此種文書，無論書法、行款、點校，均較精細。官吏：包含學子出身的官吏。隋唐時代，佛道兩教興盛，信徒眾多，遍及各階層。故敦煌文書中，佛道經典的抄寫者，除了僧尼、道士與一般信眾外，亦不乏官吏在內。經生：指一些貧困而善書法，以抄寫佛教經卷為專門行業的知識份子。由於寫經為佛教的一種功德，所以必須虔敬、慎重，忌潦草塞責，粗製濫造，因而形成一種工整淨潔的風格。這種風格，經過大批經生的寫經實踐，遂自成一套用筆、結體和章法的規則。這種規則，日益熟練，成為定式，於是寫經書法便發展成一種獨具審美意義的「體」，即「寫經體」。學子：指求學的士子。敦煌地區的教育，分為官學與私學兩方面：官學指州縣的教學；私學則指家學、義學、寺學等。許多敦煌文書，尤其是四部典籍，乃由當時的學子所抄寫。此類文書，書法較為粗劣，往往訛字滿紙；行款不甚講求，點校亦不精細。僧侶：隋唐五代，敦煌的僧侶人數眾多。他們不僅負責宗教活動，亦擔任教學工作，故今日所見的敦煌文書中，有不少是出自僧侶之手。此類文書，品質不一，有些抄寫工整，點校亦精；有些則訛字滿紙，行款不齊。道士：魏晉南北朝時期，河西一帶信奉道教的風氣開始轉盛，直至唐代，高宗追封老君為太上玄元皇帝之號，

工作的書吏。由於他們經過精良的專業訓練，故職司抄錄官府文書……

官吏：包含學子出身的官吏。隋唐時代，佛道兩教興盛，信徒眾多，遍及各階層。故敦煌文書中……

經生：指一些貧困而善書法、以抄寫佛教經卷為專門行業的知識份子。由於寫經為佛教的一種功德……

學子：指求學的士子。敦煌地區的教育，分為官學與私學兩方面：官學指州縣的教學；私學則指家學……

僧侶：隋唐五代，敦煌的僧侶人數眾多。他們不僅負責宗教活動，亦擔任教學工作，故今日所見的……

道士：魏晉南北朝時期，河西一帶信奉道教的風氣開始轉盛，直至唐代，高宗追封老君為……

民眾：敦煌文書中由一般民眾所抄寫者，大抵為佛教經典。由於一般民眾的教育程度不高……

| 使道教大為興盛，故敦煌文書中屬於道教經籍的數量亦頗為豐富。民眾：敦煌文書中由一般民眾所抄寫者，大抵為佛教經典。由於他們的教育程度不高，故所抄寫的文書，品質亦較為低下。有些甚且字跡拙劣，訛誤很多，行款、點校亦頗不講求。 | |

最後……

避免驟然轉變話題

　　就像開車急轉彎可能把乘客拋離座位，談話間突然改變話題常會讓人摸不著頭緒，論文裡的議題轉得太快也同樣讓人難以捉摸，因此在準備移開話題的時候，最好給個新的標題好讓讀者跟得上來。

 文字校閱實例

　　本節分析一般人寫作論文時常犯的錯誤（列於左欄），將它們和論文中常見的盲點一一在註腳中詳細解說，並將建議之修訂方式列於右欄，以便互相參照閱讀。

原文	建議修訂
摘要	
~~家務參與為一種生活技能的學習，兒童家務參與除了可以培養其自信心與責任感之外，藉由代與代之間的分配模式，對日後的婚姻生活也有持續性的影響。因~~	本研究旨在了解國小中高年級學童家務參與現況，以及性別角色態度、父母家務分工情形對學童家務參與之影響。研究採

此一[4]本研究主要[5]目的為了解國小中、高年級學童家務參與的現況，以及國小中、高年級學童性別角色態度、父母家務分工情形對學童家務參與之影響。

　　本研究採問卷調查法，以分層隨機抽樣方式針對桃園縣龜山鄉國民小學中、高年級（三至六年級）學童進行調查，共計1115[6]位，主要使用「國小學童性別：角色態度、父母家務分工對學童家務參與之影響」調查問卷為研究工具。資料分析係以統計套裝軟體 SPSS for Windows 12.0 分析回收有效問卷，進行次數分配、t 考驗、單因子變異數分析、皮爾遜積差相關及多元迴歸分析，以驗證研究假設。茲將本研究之主要結果摘要如下

1. 國小中、高年級學童[7]以協助家庭事件面向參與程度最高，協助維修工作面向參與程度最低。
2. 國小中、高年級學童女生比男生參與較多的家務工作。
3. 國小四年級學童參與家務工作多於三年

問卷調查法，使用「國小學童性別角色態度、父母家務分工對學童家務參與之影響」問卷，調查桃園縣龜山鄉國小三至六年級共 1,115 名學童。以統計軟體 SPSS for Windows 12.0 分析有效問卷，進行次數分配、t 考驗、單因子變異數分析、皮爾遜積差相關及多元迴歸分析。結果發現國小中、高年級學童

(1) 以協助家庭事件面向參與程度最高，協助維修工作面向參與程度最低。
(2) 女生比男生參與較多的家務工作出生排行不同者在家務參與上無顯著差異。
(3) 參加課後輔導情形與參與協助維修工作面向上的家務工作達顯著負相關。
(4) 雙親家庭與折衷家庭者參與家務工作多於單親家庭的學童。

---

[4] 摘要旨在把研究的主題、研究的方法及所得的結果扼要敘述，應該緊密紮實，只要達到所要求的字數下限即可，不必為了要增加字數而多做不必要的陳述。畫線部分這類開場白只會讓摘要顯得鬆弛，沒什麼價值，應該刪去。若覺得不捨，這種文字可以移到緒論或引言處。
[5] 如果還有次要目的，在摘要中應一併提出，否則「主要」只是贅字。
[6] 除了西元年份以外，四位及四位以上的阿拉伯數字應該加撇節號。
[7] 摘要中光是「國小中、高年級學童」就出現近十次，修辭方式有改進必要。

級學童。

4. 出生排行不同的國小中、高年級學童在家務參與上無顯著差異。

5. 國小中、高年級學童參加課後輔導情形與參與協助維修工作面向上的家務工作達顯著負相關。

6. 雙親家庭與折衷家庭的國小中、高年級學童參與家務工作多於單親家庭的學童。

7. 父母教育程度、工作時間不同的國小中、高年級學童在家務參與上無顯著差異。

8. 國小中、高年級學童性別角色態度傾向於較現代，且女生比男生更具平權觀；但國小中、高年級學童性別角色態度與家務參與沒有顯著相關。

9. 國小中、高年學童父母家務分工情形傾向於「現代」的分工方式；父母家務分工情形與學童參與整體家務及餐飲處理、環境整理、衣物照料、協助家庭事件面向上的家務工作達顯著相關。

依據上述研究結果提出相關建議，提供家庭、學校、家庭生活教育相關機構、從業人員與未來研究之參考。（740 字）

⑸ 父母教育程度、工作時間不同者在家務參與上無顯著差異。

⑹ 女生比男生更具平權觀；但性別角色態度與家務參與沒有顯著相關。

（362 字）

原文	建議修訂
本研究顯示國內助人專業者對個案的權利仍然 [8] 不甚重視 [9]（如有六六·二％[10]的受試者曾拒絕讓個案閱讀會談記錄），特別是 [11] 告知後同意的歷程往往 [12] 被忽略（如有二二·0[13] 的受試者指出其未經當事人的同意就加以錄音）。	本研究顯示，臺灣助人專業者對個案的權利不夠重視（例如：有66.2% 的受試者曾拒絕讓個案閱讀會談記錄），事先徵求同意的歷程有時也被忽略（例如：有22.0% 的受試者指出其未經當事人的同意就加以錄音）。

　　相較於前面各章所舉的那些僅花小量時間和精神即可修訂的文字，本節所舉的例子需要的不只是小幅修改潤飾，對於這些作品，我們只提醒讀者應該注意莫犯之處，對於原文並不予修正。

　　例一：論文乃是論證研究結果的文字，像下文這樣充斥著主觀意識，強烈得幾近謾罵的語言，連用來批判政敵都顯得不夠理性，當然是合格論文所不容。

　　……在《史記·遊俠列傳》中，曹沫幹的只是擄人勒索的勾當，他唯一的優點是臉皮夠厚。專諸只是吳公子光弒君篡

---

[8] 「仍然……」乃是時間上的比較詞，若未提出以往的數據做比較，何來「仍然」？

[9] 中文標點符號都是全形。

[10] 百分比一律使用數字及半形符號。

[11] 在此使用「特別是……」來加重語氣，會造成語意和邏輯上的混淆，因為 22% 並不比 66% 高。

[12] 「往往」乃是主觀的形容詞，22% 到底構不構成「往往」？見仁見智。

[13] 同一個數字不可中文及阿拉伯字混用，也不應全形半形混用。百分比符號亦不可省略。

位的殺手。豫讓之所以如願「死以報知伯」的原因，在於「知伯國士遇我，我故國士報之」。然而知伯卻是一個專擅晉室朝政，貪得無厭的野心家而已（事見《史記·晉世家》）。而聶政之「爲知己者用」，也只是藉交報酬，稱不上是「公義」，說穿了仍是爲「私利」，只要誰出得起價碼就爲誰賣命。至於「荊軻尤其可恨」，他要財要色還要頭（樊於期），卻遲遲不肯行動，最後被燕太子催急了，才勉強上路，臨行還帶個跟班，拖拖拉拉，婆婆媽媽，結果一敗塗地。與其說他是刺客，不如說是「瘟神」，更遑論俠名了。

可見俠客與刺客的分別，就在「義」與「利」。俠客是仗義行俠，刺客是爲利行刺；俠客以義爲依歸，刺客是不問是非善惡的，只要對我有利，就是知己，就可以「爲知己者死」。

例二：緒論並不是論文中的必要部分，如果無法言之有物，大可以省了這兩部分。問題是有些系所規定學位論文必須達到一定的字數，因此部分寫作者爲了湊足篇幅，就東拉西扯，在緒論及研究動機裡添了些與論文毫不相關的東西。其實，你若沒有什麼具體的東西可寫，真的可以不用勉強用下面這類的文字來充數：

【緒論】

與指導老師初次談及論文題目時，其實全無頭緒，順口問了老師一句極爲膚淺的話：「蘇東坡的書法如何？」未料老師卻極爲嚴肅地回答：「豈止如何！能爲宋四家之一，豈止如

何！」就這樣，便一頭栽入了東坡書法天地。

　　站在故宮裡頭，望著東坡書作〈歸去來兮辭帖〉，這幅九百多年前完成之作品，正是東坡貶謫惠州之作。由作品中卻感受不到一絲喪氣之意，流暢之行楷筆意反倒令人心情穩定，即使事隔九百多年，那股清新淡遠的感覺依然存在。觀看之後心情百感交集，甚至妄想：多看一眼書作，東坡或能藉由作品給予自己一些靈感！唯恐自身體會浮泛，誣衊了東坡書法精神。在詢問故宮人員是否可以開放觀看更多東坡書作而遭受拒絕時，當時的心情除了失望，更多的是惶恐！

　　書集中的東坡書跡已無法滿足心中對東坡書法一探究竟的好奇！可惜，想一睹東坡更多墨寶眞蹟的渴望一直無法如願，因此始終對於自己的識見短淺感到極爲不安。平日時間受限許多，僅能利用一些空餘時間研究東坡書法，由最純粹之書法門外漢踏入此境域，抱持著誠惶誠恐之心，爲務使內容正確、全面，再三刪修，而其中關於自己較妄爲之推論與歸納，仍須更多資料來證明，期望將來能更進一步努力。

　　若實在不願割捨，這些文字加到附錄裡，這樣一來可以補足字數，二來可以無礙論文的規格，應該不失爲一個可行的變通方法。

本章習作

　　在以下這篇論文習作裡，明眼人可以找出盲點和錯誤，請來試試看你的眼力如何。

臺灣社區大學發展與學員關係之研究
以彰化縣二林社區大學爲例

【摘要】由「書中自有黃金屋」的古諺中，可見解出古人早已了解知識可以創造資產、累積財富的道理。近一、二十年來，拜科技與資訊的快速成長之賜，人類生活模式與經濟結構產生無與倫比的變化，知識已凌駕土地、資金及勞力的傳統地位，成爲促進產業升級與社會經濟發展的主要動力。在這波追求知識學習風潮中，知識經濟已成爲個人或組織跨全球化的新途徑；「開創知識經濟、落實終身學習」便符合這種時代需求。因此社區大學便如雨後春筍般陸續成立了。

一、臺灣社區大學的發展

　　社區大學概念最早在 1994 年由臺大數學系黃武雄教授提出地方政府設置社區大學計畫草案，經各方努力，終於在 1998 年成立第一所文山區社區大學，社區大學的構想於是得以實現。社區大學顧名思義是將社區與大學這二個概念加以結合。

　　社區是指由我們周遭的環境著手，更貼近我們的生活，由本身生活經驗爲起點而學習。而大學指的不是學制上的大學，而是指內容上與大學一般，更多元、更開放的內涵與方式。

(一) 社區大學成立目的

　　地方政府設置社區大學，核發社區大學文憑，提供成人接觸現代知識的機會，強調學員自主學習及社會參與，以提升臺

灣社會之文化水準，並厚植民間基層力量，促進社區意識之覺醒，同時也間接打破文憑主義。

(二) 社區大學特色

1. 不分系：採純學分制，不規定修業年限，修滿必修 128 學分即可畢業。

2. 年齡及就學資格：18 歲以上，不設入學學歷資格。

3. 校地取得：設立於現有的國中小學，及未來之社區中心。

4. 經費來源：經常費用由學費支付，設備由縣市政府補助。

5. 上課方式：以工作坊的上課方式為主。

6. 以學員為主體，強調互動學習與討論。

7. 師資來源：不強求大學教授之專業水準，可聘研究生、社區專業人才、民間學者或特殊領域研究者為講師。

8. 課程內容：分學術課程、技能課程、社團活動三類。

9. 上課時間：夜間及假日。

二、二林社區大學背景

　　彰化縣二林鎮因地處偏遠，長期以來處於落後的文化荒漠中，早年有心學習的求知者，須趕往臺中或彰化縣內其他地區進修求學，相當不便。三年前現任校長謝四海興起籌設社區大學的構想，並獲得二林鎮公所及二林鎮農會共三十萬元的經費補助，以及地方人士四十多萬元的捐款，短短三個月後，二林社區大學便正式開學了，後來不僅提供當地居民一個求知管道，進而促進地方產業升級。二林社區大學是目前彰化縣七所教育部認可的社區大學之一，擁有一千一、二百名學員。

二林社大第一學期註冊人數只有六百五十九人，第二學期已有一千一百人，第三學期註冊人數高達一千二百二十二人，其他學期也是一千多人，約占二林地區總人口的百分之一。其中，男女學員比例約爲一比三，二十五歲到四十五歲的青壯年學員約占總數的六成，大專以上學歷者達六分之一，成爲該校一大特色。全校僅聘請一名有給職的行政人員，因而節省大筆的人事費用。因此，二林社區大學創造出學員年齡層多爲青壯年、學分費最低及學校行政人員多爲義工的三項記錄，並曾贏得監察委員的讚賞，學生人數更占當地總人口數的百分之一，使得二林社區大學改寫社區大學發展史。

三、研究方法

　　本篇研究報告係採用內容分析法，以二林社區大學的九十、九十一、九十二學年度的課程科目與學員的結構做分析比較，進而建議二林社區大學的課程設計走向。

四、研究目標

1. 學員性別與課程之關聯性？
2. 學員年齡與選讀二林社大之關聯？
3. 學員居住地與選讀二林社大之關聯？
4. 學員學歷與選讀二林社大之關聯？
5. 地方產業結構與課程安排之關聯？

五、數據分析

　　二林社大每學期開設五十多個科目，五十～六十班別，每班的學生人數如下：

　　由上表可分析出九十學年上學期因為社大剛成立，所以許多人仍不了解社大的工作性質，隨著兩年的經營與公關策略的制定，開課的班級數、開科數、人數都成長許多。另一是在行銷方面除了利用傳統的招生布條及夾報廣告傳單外，口耳相傳更是招募學員最重要的關鍵。

(一) 招生人數分析：二林社大第一學期註冊人數只有六百五十九人，第二學期已有一千一百人，第三學期註冊人數高達一千二百二十二人，其他學期也是一千多人，約占二林地區總人口的百分之一。女學員與男學員比例為 7 比 3。

(二) 學員年齡層分佈概況：25～45 歲年齡層的學員，人數占總學員人數 61.1%。

(三) 學員學歷：表格中未填部分，乃是部分學員因為心理因素或因為是文盲等，不希望背景予人知曉，因此才有未填寫該部分產生。另外部分已獲得研究所學歷學員繼續選讀原因除了原本在理論學理上的充實之外，對於人際的擴展與學習第二專長是參與社大的主因。

(四) 學員註冊科次概況：百分之 80 學員僅選 1 科，多數為受到時間限制；另外有學員是新加入的，對社區大學的課程規劃還不很熟悉。

(五) 學員來源概況：學員大都以二林當地居民為主，並開辦適合當地所需的課程。鄰近鄉鎮的學員占其次；另外有的比較偏遠地區的，有的是部分課程其他社大沒有開設。還有

的是學員所居住該地區沒成立社區大學。

(六) 熱門課程：從下表中可知學術類課程逐漸被民眾接受度較低，反觀社團類與生活藝能類較受歡迎。經分析後發現二林社大以女學員居多，經由選讀社大作為擴展個人社交平臺，使得社團類課程有增多趨勢。其次是受到當地產業結構影響。二林地區主要生產葡萄，為了農業轉型以創造更多的經濟價值，葡萄農選修與葡萄相關性課程。如釀酒課程、農業轉型經營學……等生活藝能類。因此生活藝能類所開設的課程逐年有增加趨勢。

六、結論建議

　　由於各地鄉鎮社區大學紛紛成立，許多課程參加人數已不如以往；為了避免造成學校成本增加與教學資源的重複性浪費，建議往後社區大學的設立應該將地區人口的相關資料納入考量。其次研究中也發現，在二林社區大學裡，女性與青壯年族群占二林社大多數且學員多來自二林本鎮及鄰近鄉鎮居多；女性學員除了利用社團類課程來學習第二專長外，交友也是她們另一目的。更重要的是社區大學可與地方政府、社團組織與民間企業合作開設課程，以增加在職進修管道，如此一來可節省相關單位另行編列進修費用，亦可讓社區大學學生來源不虞匱乏。

2

研究寫作實務

本篇提要
第五章　研究寫作的始與終

第六章　文獻回顧寫作指南

第七章　研究計畫書寫作指南

第八章　論文編修的原則與範例

第九章　量化資料的質性描述

第十章　電腦輔助論文管理

第五章
研究寫作的始與終

本章提綱

　　◎如何選擇研究主題

　　◎如何寫作緒論

　　◎如何寫作結論

下面這段話記錄了一位研究生成長的部分歷程：

　　⋯⋯ 開始第一篇研究論文時，有點像當時初為人母一樣，手忙腳亂，不知從何開始。或許大家都認為，既然已經是研究生了，就應該知道論文寫作的基本原則，知道研究摘要，乃至論文主體的架構是怎麼一回事等，但老實說，我還真不知道呢！後來我發現，同學們也有相同的困擾。就因為不知道論文到底要如何正確開始，也就這麼拖延著。同學每次聊到論文進度時，總不離「就找資料啊！」、「唉！到底怎麼寫 ⋯⋯ 」等之類的話。開始撰寫論文時，我曾以為別人已經完成的論文一定沒問題，因此一股腦兒地拼命找資料，開始依循別人的思考模式來下筆，我真的以為寫論文就是這麼一回事 ⋯⋯

是的，就找資料啊！看看人家是怎麼寫的？又寫了些什麼？

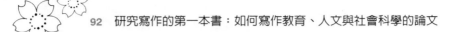 如何選擇研究主題

有了研究的大方向之後，就可以開始斟酌研究題目的細部，這時不妨找同儕與教授一起激發想法，針對自己的方向來討論，盡量並寫出設想得到的問題和見解，看看其中有哪一個可以成為理想的論文題目。

以下是一些選擇題目的建議：

選擇自己有興趣的主題

除非不得已，不要讓別人主導你的論文題目選擇。

請把興趣當作最重要的選擇標準，既然你需要花很多時間在論文寫作上，就不如選個有意義而自己又感興趣的主題。因為，對自己選定的主題有熱情，寫作和論證起來比較能有好品質。

在修課期間就及早規劃，由感興趣的文獻著手，發現該領域裡尚待解決的問題，這樣多半有助你擬定定論文題目。

了解自己的研究負荷能力，選擇一個容易駕馭的主題，讓你足以在合理的時間內解決[1]，而且，題目最好能夠激發你研究的熱情與興趣。

知道自己對這主題的注意力是否可以長期持續，若沒有多餘的青春來從事曠日費時的研究，就最好選擇一個費時較短的計畫，研究的

---

[1]　碩士生的研究工作最好能在一年左右完成，博士生則最好能在三年以內完成研究。

耗時愈長，熱情愈容易與時漸退，而他人搶得先機，比你早發現或解決問題的機會也愈高，這樣一來，你繼續研究的意義也就消失了。

選擇有利於職涯的主題

除了把焦點集中在自己感興趣的主題上以外，最好也能引起指導教授的興趣。因為，教授對學生論文題目的熱衷程度，會決定他支持和提供及時指導的意願，所以，建議你設法取得指導教授的意見。

過去的經典研究有時可用比較近期的方法重新審視[2]。

研討會所討論的議題通常是該領域的趨勢，可以選擇受到研討會的關注的主題。

如果想進入教學界，可以考慮能應用在教學上的題目。

要進入產業界，就要注意業界的相關發展及徵才的趨勢，以便選擇較符合就業市場的主題。

以學術研究為職涯目標者，可選擇延續性較佳的主題，來建立日後研究的基礎。

當然，你也可依獎助學金的機會來選擇研究主題。

其他方面的考量

有些題目之所以還沒有人研究過，可能是因為缺乏可用的資源或可供研究的對象，如果知名學者已嘗試過該項研究並且以失敗告終，建議初出茅廬的研究者不用急於涉入這類題目。

2　但不要研究早已獲得結論的問題。

另外，研究者通常會在自己的論文結語中指出未來的研究方向[3]，或評論一些尚未充分探索的領域，這一類的指引或評論開啓了一些門徑，有助於後來者選擇自己的研究題目。

　　話說回來，有些較敏感的主題或立場可能會引起利害關係人的不悅，發表這種主題的研究結果可能會限制自己就業、職涯發展或論文發表的機會，因此選擇此類題目時應該審慎。

如何寫作緒論

　　有些緒論寫得好像是某些集會暖場的開場白一樣，偏離了研究的旨趣：

1. 近年來面臨高油價時代的來臨，又由於二氧化碳等會造成溫室效應的氣體排放遽增，引起全球暖化現象，使得熱污染問題廣受重視，於是如何尋求新且潔淨的能源以供未來使用，乃成爲一個重要的議題……

2. 二十一世紀是一個知識經濟的世紀，也是一個競爭激烈的世紀，教育正是推動國家賡續發展，提升國家競爭力的源頭活水。近年來，面對社會的急遽變遷，政治的開放民主、經濟的迅速成長、產業結構的改變，以及價值觀念多元化的衝擊……

---

[3]　有些研究者把自己未能獲得結論的部分搖身一變，說成是未來研究方向，這一招不但鞏固了自己的研究立場、表明了自己研究的適切性，而且也能夠轉移別人對自己研究缺乏特定結果的批評。

　　類似這樣的泛泛之論，既談不上任何創意，也非研究者特別研究後所得的認知，其功能不過是作為增加篇幅的填料而已。但是，這類文字卻千篇一律地出現在相關主題的論文裡，初入門者懵懵懂懂地跟風抄錄也就罷了，不幸的是，不乏資深者隨俗襲用，難怪會被識者所笑。

　　其實，像上面那種懶於思考的漫談，根本毫無存在的必要。

　　好的緒論有可循的寫作結構，緒論應該像是一個比較長、比較完整詳細的摘要，是研究的動機（Motivation）、問題（Problem statement）、方法（Approach）、結果（Results）和參考文獻（References）的初步鋪陳，你要明確地陳述自己的論點，但是不要使用過多專業術語。

　　撰寫緒論時思考以下這幾個問題，當作是在考試時作答的幾個申論題：

1. 你的研究動機為何？

2. 你的研究有何重要性？

3. 你在研究中要做些麼？

4. 你的研究成果代表著什麼？

　　把完成的答案融匯起來，再補上一些資料加以連接，你的緒論章就完成十之八九了。

　　從研究「動機」開始撰寫：

> 教育部於 2007 年提出國民教育七大議題，希望將這些議題融入國民中學的課程當中，這些議題中有個資訊融入議題，使得愈來愈多老師使用多媒體的工具來教學。研究者在參加過幾場教育部地理資訊計畫的研習之後，有了在地理課程中應用 Google Earth 教學的動機。

如果你嘗試解決某個研究問題，就先把那問題加以說明，然後藉之引入你要研究的主題，你可以陳述該項研究可能的難度，以及研究有了成果後會有什麼影響力：

> 研究者在教學現場中，發現部分學生的學習動機很低落，所以希望研究如何應用 Google Earth 為教學軟體，來引起學生的興趣，讓學生不只更深入了解臺灣的海岸與島嶼之相關概念，更進而能夠自動自發地學習。此外，也想藉由教學活動讓學生更關心臺灣的海岸生態，以配合政府強調的海洋教育目標。

在緒論中應該加入一些參考文獻，表示你對該領域已有過探索和了解。此章的參考文獻請擇要選用，簡略敘述何人在何時對本研究主題有過什麼論點，至於詳細的文獻探討，可以留到文獻回顧章再大展身手。你可以提供一個「經典文獻」以及一個近期的「創新文獻」，如果有文獻出自你自己的研究，當然也可以用第三人稱的方式提出。以五千字的緒論來說，文獻不要超過十個。

　　關於資訊融入教學方面的研究，何珍儀（2005）指出網路學習對學習成就有助益，閱讀時間的長短與學習成效有正向關係；邱蘭莉（2007）指出資訊融入教學有助於提升學生的學習態度和學習成就；許柔婷（2011）指出利用 Google Earth 融入地理教學，發現對於中等程度的學生表現有顯著差異，而且學生的學習意願趨積極。

　　在自然及社會類迷思概念方面，前人研究包括：劉正湖（2000）研究國中自然地理的迷思概念、黃明丰（2002）研究國小高年級學童對地震的迷思概念、楊毅立（2005）研究天氣迷思概念二階段測驗的發展和應用、張宏嘉（2006）研究國三學生對「地球內部構造與板塊運動」的迷思概念、盧清華（2003）研究國三學生地球科學「天氣」單元的迷思概念、Akba 等（2011）探討九年級學生對大氣的迷思概念。

　接著，你可以利用文獻來引入所要研究的問題，此時不妨朝以下這幾個方向，來強調自己研究的重要性：

1. 該研究並沒有別人做過。
2. 該研究是為改進別人研究的缺點而做[4]。
3. 該研究是為增益前人的研究[5]而做。
4. 該研究是用相同的方法來解決不同領域的問題，或
5. 該研究是用不同的方法來解決相同領域的問題。

---

[4]　宜列出前人的研究缺點，例如取樣偏頗、實驗設計不完全等。
[5]　例如擴大取樣空間及數量、增列問卷項目等。

如果文獻回顧的結果讓你決定塡補某些研究之間的斷層，那麼你會需要回答以下的問題：

1. 你想在自己研究中塡補的斷層爲何[6]？
2. 你要塡補這些斷層的理由爲何？
3. 你要如何塡補這些斷層[7]？

　　要以讀者（包括審查委員）爲中心，盡量回答這些問題，讓讀者覺得你的邏輯連貫且有條理，切莫想當然耳地認爲它們是不說自明的。

　　　　綜合上述，在臺灣的地理相關迷思概念研究，落在國小的範圍包括河流、地震、天氣、氣候、月盈缺等。落在國中的範圍多著重於地球科學，包括天氣、板塊。研究者想就前人未做過[8]研究的單元——臺灣的海岸與島嶼——來做探討，藉由此研究找出迷思概念和原因，再進行教學活動來減少迷思概念。

　　接著就要陳述研究問題的解決方法了，以下這些要點是研究方法的核心：

1. 控制和測量的項目，
2. 取樣的地點和範圍，
3. 研究的對象、範圍與限制。

　　你用來解決研究問題的是一般的研究法，還是針對特定情況發展

6　等同於「研究問題」爲何。
7　等同於「研究方法」爲何。
8　這就是要「塡補斷層的理由」。

出來的特別方法？請簡潔地提出研究細節[9]：

　　　　本研究藉由二階段式診斷測驗與晤談法，找出學生在「臺灣的海岸與島嶼」的迷思概念與成因，再將資訊融入教學，比較實驗組和對照組的學習成效。希望藉此研究的結果了解學生容易有迷思概念的部分，引導學生擁有更正確的地理觀念。根據上述之研究動機與目的，整理出本研究問題如下：

1. 學生對「臺灣的海岸與島嶼」單元有哪些迷思概念的存在？
2. 學生對「臺灣的海岸與島嶼」單元之迷思概念是如何產生的？
3. 資訊融入教學後，學生對「臺灣的海岸與島嶼」單元之迷思概念是否有減少的情形？

　　　　本研究的對象為彰化縣某國中一年級的學生共約一百二十人，研究者於該校任教地理科。研究的課文內容為社會領域的地理科第一冊第三章「臺灣的海岸與島嶼」。

　　　　此研究的假設為：

1. 樣本的學習成就採隨機分布。
2. 利用資訊融入教學的教學法，對減低學生的迷思概念有幫助。
3. 此教學法對於增加學生的學習動機和學習成效有顯著的影響。

9　包括重要的變因、參與的人數及背景、數據與資料的來源和蒐集的數量等等

本研究是屬區域性的調查，未擴及其他地區的國中生，所以應避免對研究結果做過度的推論。

　　緒論中還有必要開立名詞釋義的專區，來介紹在論文中所使用的專門名詞或術語。

　　有些作者在解釋名詞時，長篇累牘、疊床架屋地引用他人的說法，這種做法徒增讀者的閱讀負擔，其實並沒有必要。名詞釋義最重要的是描述出各該名詞在你論文裡的定義，除非絕對有長篇大論的必要，通常只須一段簡明扼要的文字就夠了。

　　另外，專門術語宜在分類後，各按筆畫或字母次序排列，以利索引，且原文非中文者，應加註原文，例如：

名詞釋義

　　二階段式診斷測驗（*two-tier diagnostic test*）：在整份測驗中的每道題都包含兩部分：第一部分稱為「事實選項」，是由題幹和幾個定性的答案選項所組成；第二部分稱為「理由選項」，是由解釋第一部分的理由所組成。必須兩個部分都答對，才算具備正確的觀念，否則視為有迷思概念的存在。

　　半結構式晤談法（*semistructured interview*）：事先準備好各類不拘泥於固定方式與順序的問題，針對學生作答錯誤的地方，找出迷思概念，進一步知道迷思概念的成因，並探究學生內在建構知識的歷程。

如何寫作結論

在論文的最後加個簡要的結論，再次點出論文要傳達的意思，這樣能能增加論文的清晰度。總結要明確，別讓讀者想半天才明白全文的涵義，用明確的收場白來提供讀者讀後思考的方向。總之，作者要設身處地想想：讀者閱後能否清楚該論文講了些什麼？

你可以把研究結果簡單歸納一遍，扼要敘述研究報告的重點，例如：

> 自 2000 年以來，知識密集型產業為因應知識經濟時代，持續推動知識管理，本研究以知識管理系統為對象，透過學術文獻與現有知識系統書面資料的彙整，總結出：企業知識管理系統應具有企業智慧保存、文件管理、知識搜尋、知識協作、核心專長彙整、介面導引、社群論壇、知識地圖、知識安全、知識獲取等十項功能，方得以適當協助企業，達成知識生產、保存、檢索、轉移、分享及創新的目標。
>
> 研究者從市面上十五個知識系統的架構圖中，歸納出一個概括的架構，即，現有識管理系統多採取類似的入口介面，並提供一致的瀏覽方式以及可供個人化的版面，使用者透過單一帳號簽入機制進入系統，透過各模組進行各種知識管理流程活動，期間所取用的知識文件皆來自系統內建的知識庫或資料庫，所生產的文件則存入系統知識庫或資料庫中，而知識庫與資料庫的所處位置則視各企業安排而有所不同，或建立於知識管理系統之內，或以原本企業的資料庫連結至知識管理系統。

說明作者有什麼具體的發現，還可提出研究期間所遭遇的問題或困難，例如：

　　　研究發現，許多現有的所謂「知識管理系統」，形如文件管理系統或組織記憶系統，而並無真正知識管理所需的關鍵「創新」功能，同時還缺乏了核心專長與數位學習的面向。

　　提供具體的解決方法，例如：

茲提出兩點改善方案：

1. 知識管理系統除了要能儲存知識，還需要能從工作流程中擷取相關的知識和進行相關的推理，以拓展組織核心知識與智慧資本，因此宜在系統中加入更強大的人工智慧功能，利用自動分類、摘要及連結等方式，自動活化知識庫內容。

2. 從員工心理下手，經由員工彼此腦力激盪與知識活動，改變組織文化、鼓勵知識社群將彼此的默會知識表達出來，利用知識管理系統來進行知識分享，並從不同的思考邏輯來發揮新意，來成就更深層次的創新。這些活動透過系統記錄處理後，成為知識文件進入知識庫，系統再進行另一次的創新。

　　闡明研究的價值所在，或對更進一步了解現有的學說有什麼具體的貢獻，例如：

以上的研究結果能作爲知識系統開發者及採用者在研發和選擇系統時的實用參考。

建立内外部的專家網絡，並視專家網絡爲知識管理系統的關鍵功能，配合了上述循環不息的知識創新過程，必能提升組織競爭優勢。

把此次研究之不足以未來研究方向的方式提出來，例如：

本研究以各知識系統之書面資料爲研究對象，爲了發掘書面資料所宣稱之功能與實際功能間的差距，未來的研究應朝向實證工作，除了蒐集更完整的文獻資料之外，也應輔以訪談、問卷調查與實際的操作測試，來深入了解各系統所宣示之各項功能是否確實並符合客户需求，

研究事業本來就是一種承先啓後的事業，爲自己或他人點出未來的研究方向，不但有利於學術研究的傳承，也是任何研究工作中很重要的一環。

一旦論文具備了大綱及草稿，所有引用語都插入文中，所引用的事實與見解（無論是直接引用或摘要）亦已一一在註腳中說明，參考書目中也列出了所有參考過的文獻，之後，就可以仔細從格式、文字和内容方面，來檢查是否有需要修改的地方。

第六章

文獻回顧寫作指南

本章提綱

◎文獻回顧如何入手

◎文獻的數量與品質

◎文獻閱讀與分析

◎文獻資料的引用

◎本章習作

在一般的論文結構上，文獻回顧章雖然列在緒論章之後，但文獻探討卻是我們在研究方向初定後的第一件事，文獻回顧有助於我們底定論文主題的範圍。

文獻回顧的目的，是為了展現我們對研究主題背景的了解。文獻探討與分析旨在從文獻裡挑出重點，以利研究寫作時參照或引用，也在於避免無謂地重複前人已經做得很完滿的研究。

文獻回顧常見的、也是本章所試圖回答的問題包括：

1. 如何著行文獻搜尋？

2. 如何決定文獻的去留？

3. 如何處理文獻不足的情形？

4. 如何決定文獻回顧的深廣度？

5. 如何吸收和理解大量的文獻資料？

6. 如何在重讀文獻時節省精力並有新的發現？

　　有人在做學位論文時所探討的文獻，僅止於學長姊們所完成的論文，這樣自然是不夠的。

　　要是你所參考的文獻本身就只是水準不高的習作，而卻想從那有限的格局中產出更高水準的東西，這雖非完全沒有可能，但是可能性到底不高，要是後人再依你的格局朝下走，情況可能會更糟。

　　為了避免這種一代不如一代的危險，你所探討的文獻範圍必須更廣，而程度必須更高，不能光靠近親繁殖。也就是說，寫作碩士論文時取法乎上，不要只取法於已完成的碩士論文，而應該多往更深入的文獻（如博士論文及夠水準的期刊論文）裡鑽研。

　　寫作博士論文時也要依照「取法乎上」的原則。

 ## 文獻回顧如何入手

　　文獻回顧的用意，在於探索相關領域中曾經發表過的研究成果。

　　文獻回顧有助我們知道自己的研究是否有意義、了解自己可以對該領域提供何種貢獻。

　　文獻回顧的技巧是研究工作所必需，值得列入通識教育和主要學術課程中，我們可以將自己的研究方向織入文獻回顧的寫作中，藉以展自己對該領域有充分的了解。

　　以下的每個步驟都是完成文獻回顧的一環，這些步驟可以根據需要交替或平行並用，並不一定要依著所述的順序[1]：

1. **文獻取得**：包括簡單的「提問與回答」，也包括比較複雜的技巧，像利用 Internet 搜尋引擎、電子圖書館的資料庫，和相關性資料庫

---

[1]　例如：在分析了既有文獻之後，可能發現還需要多取得一些文獻。

查找文獻等等；另外，擴大與縮小搜索範圍的概念、布林邏輯、反覆搜索的練習等等，對文獻取得都很重要。

2. **文獻評估**：不僅包括個人對文獻品質的判斷能力，也包括判斷該類文獻與自己研究的問題有否相關的能力。在這文獻多雜的環境下，評估文獻的技巧愈來愈重要。

3. **文獻整理**：是用不同的工具把各種文獻分類、組織和歸檔的能力。整理非電子化的文獻[2]，用的是文件夾、抽屜和其他的實體方法，在電腦化的環境裡，則是用電子文件夾、資料庫和網頁來整理文獻。不管用什麼方法，要能把文獻整理得便於運用，才能算是好方法。整理文獻時，宜於把文獻依主題分組，每一主題組中的文獻再依時間順序來組織。

4. **文獻分析**：是從資料中找出意義的能力。從文獻中可以回溯相關領域的發展和論點，找出研究的建議和方向，了解了文獻資料有助我們取法前人的成就。我們若想提出新的理論或方法，也要從文獻中確認該等理論或方法並沒有前人探索過。研究進行一段時間後，會更了解之前回顧的文獻重要性如何，更有能力評估相關文獻的內容，更容易體會前人的研究對自己的啓發。

回顧文獻可以由選讀最新的文獻回顧論文（review paper）著手，利用電子資料庫，在關鍵字後面加上「review」來找幾篇由傑出研究者所撰寫的 review paper，作爲主要的研究資源，加以反覆閱讀。這類的 review paper 可以幫助我們：

1. 了解該主題的沿革和整體概念，

2　例如影印資料、實體問卷以及無法取得電子檔的實體文件等。

2. 了解和該主題有關的其他領域，

3. 熟悉該領域的權威及活躍的研究者，

4. 認識重要的、受到頻繁引用的論文。

　　每篇稱職的 review paper 都可能回顧了數十乃至百餘篇在某領域中較有價值的論文，探討了該領域裡的前人的研究重點、背景、想法以及爭議，藉研讀 review paper 來找出自己的研究方向，可收事半功倍的效果。

　　我們可以從一些 review papers 內的參考文獻表中，挑選出以下的項目，來做文獻回顧這一章的骨架：

1. 最新出版的論文[3]，

2. 與我們的研究主題最相關的論文，以及

3. 這些 review papers 最常引用的論文和作者。

　　Review papers 可以作為我們論文中文獻回顧章節的寫作範本，請依照它們的模式來：

1. **提供你研究主題下的領域分類及歷史沿革**——引用文獻作者及年份，指出現階段已經解決及尚待解決的議題，表達自己對某議題的想法，說明這些議題與自己研究的相關性。找出自己的研究在該領域裡的原創的貢獻或可填補的缺口，並解釋自己研究的定位與重要性。

2. **結合文獻資料來加以摘要精簡**——讓讀者知道我們參考了哪些文獻；列出文獻的重點，統整文獻中的研究方法和材料，指出其中的優缺點；說明同一概念的不同定義，以表現自己對相關議題的

3　　當然也不要忽視較早的論文。

了解；發掘未來可能的研究方向。

3. **重組與綜合評估文獻中的資料**——表達現有研究之間的相關性，
發掘前人忽略的部分以及自己先前未注意的要點；檢視同一理論
的不同研究方式，解釋相同現象的不同理論，討論前人的研究爭
議，探討不同研究陣營間的分歧，找尋理論之間的異同點和矛盾
處，評論文獻間論點的分歧和有待商榷之處。

4. **深入解析某些文獻以探討自己的研究能否解決某些爭議**——打破
各文獻間表達方式及遣詞用字上的差異，討論那些不同發現只是
名稱上的不同，還是有實質上的差別。以分析和評論的方式來表
現自己對某議題的深入了解。

當然，你也不妨嘗試不同形式的文獻回顧，看看哪一種比較順
手，只是請注意避免文獻引用錯誤。

文獻回顧章除了列出**文獻**中所呈現事實之外，還需要探究那些事
實所帶來的啓發。光只提供人事時地物的清單，而沒有把這些敘述用
邏輯的轉折連貫起來是不當的。

光敘述何人在何時做了什麼而沒有分析出文獻間的相關性，就無
法證明你研究的能力和投入的心力。而缺乏了對其中研究品質的評
論，也顯出你尚未了解文獻回顧的眞義。

我們對研究主題的理解，需要時間的磨練，在完全理解該主題以
前所寫下的文獻回顧，可能需要大幅修正，因此，在研究初期所完成
的「初版」文獻回顧，多半不會是最終的定本。確實，完成一篇有連
貫性的文獻回顧，要花費不少功夫，回顧的內容和文章的整體結構，
也需要來回審視和調整，才會愈趨完美，然而，不要讓這個成爲你遲
不下筆的藉口，因爲功不搪捐，要從無到有比較困難，有了初稿之

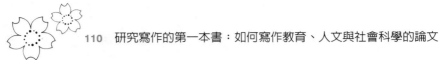

後，再從中修訂出定稿來，就簡單多了。

　　因此，在整理文獻的同時，就可以開始撰寫文獻回顧。隨著對研究的投入愈多，我們對研究主題的了解就愈多，對文獻的理解就愈深入，對文獻的回顧也就愈得力，就這樣成就了一個螺旋式的向上循環。

> 重讀文獻回顧所列的論文，有助於重新評估對主題的了解

　　在建立回顧資料的過程中，一面看看是否還有能成為研究關鍵的資料，一面排除與自己研究不相關的文獻[4]。重新審視手頭的文獻時，你可能會發現自己的觀點有改變，對主題的了解也會加深。另外，在文獻回顧期間持續發掘新材料和分析所選的文獻，能有助於適時修正研究方向，你不妨根據和同儕或指導教授討論的結果，適時調整研究重心，把努力集中到相關的議題，不再在無關緊要的題材上多費功夫。

文獻的數量與品質

　　在蒐集文獻資料時，若選用了錯誤的關鍵字，會浪費許多時間和力氣，所以應該了解如何正確選用關鍵字，並學習資料搜尋的技巧，以便妥善運用索引和文獻摘要、光碟資料和線上資料庫。

　　你的能力和資源要是足夠，探究新的領域可能讓你留名史冊，反之，你可能徒勞無功。

4　我們的認知和理解會隨著研究工作的進行而增加，開始認為不相關的文章，到後來可能會發現並非如此。因此，檢視過的資料不妨留作不時之需，不要隨意丟棄。

　　探索非重要的領域可能對你的生涯幫助不大，但也可能讓你在該領域中引領風騷，成為一方學術的領頭人。

　　不論是遇到相關文獻付之闕如，還是資料數量過於龐大，都會造成研究者的困擾。

　　若發現文獻過多而需要篩選時，你該聚焦於與自己的研究同質的論文，因為，愈貼近你研究主題的文獻愈能提供適切的寫作資料。

　　下列的可能是導致文獻過少的原因：

1. 搜尋的方式或範圍可能不完備，還有改進空間。
2. 該主題可能是很新的研究議題，相關文獻尚少。
3. 該主題可能並非重要研究領域，有興趣者不多。

　　原因若是文獻蒐集的技巧還有改進空間，那當然需要加強改善。原因若是其他兩項，那就沒有固定的答案。這時，你不妨和同儕或指導教授討論，看看要如何進行下一步。

明智選擇文獻資料

　　每篇評論性的論文都會引用大量文獻，每篇期刊論文也會引用不少文獻，你或許會發覺文獻數量無限擴大，要追查所有的相關文獻實在不太可能，這時不妨依下列來源的優先順序來篩選參考文獻：

1. 知名期刊論文（被引用次數較多的論文優先於乏人引用者）
2. 學術專書著作（名家著作優先於一般著作）
3. 學位論文（博士論文優先於碩士論文）
4. 學術會議論文（重要會議的論文優先於泛泛會議的論文；知名學者著作優先於學生習作）

5. 報章、雜誌（有調查數據者優先於社論和專欄）

6. 網路（宜慎重篩選，未經審閱的資料不乏誤導讀者的可能性）

　　一般而言，文獻中的資料愈新，愈有引用價值。使用的樣本數量愈大，研究愈有代表性。以下所列的是文獻資料的品質標準，符合這些標準的文獻對我們的研究比較有幫助：

1. 理論基礎清楚明確者；

2. 問題說明詳細清楚者；

3. 結論有研究數據支持者。

4. 有持續或擴大研究價值者；

5. 研究假設及分析方法合乎情理者；

6. 研究方法適合用來解決我們的問題者。

　　評估文獻資料時，要探討那些研究的優點、貢獻及重要性，也要反映出研究者的批判和分析的能力，所以在文獻回顧時，應該以評論或學習的態度來檢視前人的研究成果，而不是讓文獻回顧淪為摘要的整合。

　　若可以取得能回答以下問題的文獻，你在撰寫文獻回顧的相關部分的時候，就可以依樣畫葫蘆[5]，少傷點腦筋了：

1. 該研究主題為何重要？

2. 現階段學界對該研究主題的了解狀況如何？

3. 該研究主題如何衍生出更寬闊的研究方向？

4. 該研究主題中未知或不明確的部分為何？

5. 該研究主題中有哪些議題比較有爭議？

---

[5]　當然，為了不落入抄襲的風險，適量改寫是絕對必要的。

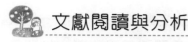 ## 文獻閱讀與分析

　　要讀完每篇相關的文獻是不可能的，我們的目標既然是論文的寫作和發表，而非研讀所有的研究資料，因此也沒必要讀完每篇文獻。

　　在讀了十幾篇相關的論文後，就該有仿寫論文的基礎了，這時應該先從文獻探討部分開始，一邊閱讀文獻一邊動手撰寫，將相關的資料直接引用在自己論文中，

文獻的閱讀

　　以下的文獻閱讀及摘錄方式可以助你省下許多的時間：

1. 選讀較易了解的文獻：有些論文讓你讀來毫無頭緒，原因可能不在於你理解力不夠，而在其寫作不佳、表達不清。因此，你大可放棄這類呈現方式和敘述風格有問題的論文。在尚未充分了解研究主題時，你也可能覺得某些相關的文獻難以理解，若你的原因是後者，最好的辦法就是過些時間再讀，隨著研究閱歷的增加，閱讀起來就比較容易理解了。好的作者有化繁為簡的能力，我們應該期許自己不至於寫出纏夾不清的作品來。

2. 設下閱讀時程：讓閱讀的時間和專注的時間維持一致，能專注的時候就盡量集中精神，實在無法專注時，我的建議是去從事一些不太費力的運動。不妨謹記這句話，不時放輕鬆：

Slow down and get more done.

1. 發掘有利的閱讀技巧：刪去不須閱讀的論文類型[6]，整理出一份較精簡的書目優先研讀；騰出固定時間作為閱讀專屬時間，先閱讀最新的研究資料；嘗試省時省力的方法，開發屬於自己的閱讀技巧；與研究夥伴一同閱讀，分擔閱讀量也分享心得。

2. 擇要選讀：建議依以下的次序閱讀
   (1) **摘要**──先閱讀論文的摘要，從摘要來判別論文的重要性，摘要有助於讀者了解論文的全貌，和判斷該論文是否符合你的需要如果光讀摘要就能得到想要的東西，就可以暫時不用閱讀其他的部分。
   (2) **結論**──結論可以助你決定接下來應閱讀論文的哪個部分。若光讀結論就能得知整篇文章的論點，就暫時不用閱讀其他內容。
   (3) **方法與討論**──如果只需要「方法」的資訊，也暫時不用閱讀其他章節。

在詳讀了以上部分之後若還有餘時餘力，不妨略讀略其他部分以確認是否還有可用的東西。這時，速讀的技巧就可以派上用場了。

閱讀目的若只是要約略整理他人的研究發現，那麼，與其閱讀同主題系列的所有文章，不如先讀該系列最後一篇論文的文獻探討部分。

文獻的分析

6　例如：與你研究主題的關鍵字不同的文獻、年代久遠的論文（尤其像是電腦方面的論文，十年以上的論文就可能太老了）等。

　　文獻分析與解數學習題不同，對於任何資料的解釋，就像讀書心得一樣，見仁見智，可能不止一個正確答案，所以不必期待一個明確的答案。資料研討的目的，是根據該文獻得到一個結論，雖然每種文獻都有其背景，沒有統一的詮釋方法，但是，也許在研究了夠多的文獻之後，可以得到某種統一的規律，可以應用在其他類似的題材上。

　　下列的做法對文獻的分析很有幫助：

　　列出探討方向——清楚自己所要探討的方向自然有助於分析任何相關文獻，散漫的閱讀是無法讓答案自動浮現的，我們應該先列出所需的資料和所要解決的問題，然後針對它們，從文獻裡所要找出答案，至於其他枝節的敘述，大可忽略過去。

　　速讀與細讀——不要鑽研文字，而要先以速讀的方式迅速掃描資料，略過文獻中較為瑣碎的資料，篩出較為必要的部分作為細讀的重點，用色筆加以標出。下次僅閱讀重點與筆記的部分即可。閱讀時除了關注最後的結果，也關注細節，藉以發掘更深入的訊息。每個人觀察著眼點不同，在相同的文獻中也許會發現不同的重點，因此，還有必要和同儕多多交流。重要的文獻應該過了一段時間再重讀，重讀文章時，可能會有新的發現和見解，也會對研究的領域和定位有更清楚的認知，

　　眉批或筆記——除了在重點下面畫線，或用色筆標出重要的部分[7]外，也該養成做筆記（或眉批）的習慣，用自己的話在頁緣寫下簡明扼要的筆記[8]。筆記和眉批篇幅遠較原文為短，又是依讀者自己

---

[7]　標出研究的目的和方法，關鍵字、主要發現、衍生的問題及延伸討論的項目等等。

[8]　記下文獻內容的重點和主要論點，概述文獻的整體大意，並加註你自己的評語和問題。

的寫作習慣寫出來的，比較利於讀者自己了解，再度閱讀時也可以省下不少時間。若有電子檔可以使用，那麼要把重點剪貼、重組及潤飾就更方便了。

　　針對問題——問題可能有多種答案，列出所有想到的答案加以比較，從中找出最好的。單靠一個文獻裡的資訊無法完整解答時，就要對某些問題做一些假設，同時尋找相關資料，但是，最基本的研判還是需要以文獻為本，不能太過依賴假設來解決問題。個人的思路可能不夠廣，因此可以利用各種人際的溝通方式，對文獻深入探討，有時候，一次不經意的談話就會開出新的想法。

　　識別邏輯觀點——每個文獻都可能包含多個邏輯層面，研讀者需要知道其中的邏輯關係。邏輯觀點間有主要次要之分，有些觀點是獨立的，有些觀點則需要其他觀點的支援，因此，除了既定的閱讀材料之外，還要從其他地方取得支援，把邏輯一一釐清。

　　摘錄改寫——直接擷取各參考文獻的內容，分別加以摘要改寫之後，累積起來，例如：

原文	摘要改寫
本研究的主要目的乃是在「慈濟人文課程」的脈絡下，發展一套適用於高年級的「靜心冥想與曼陀羅創作活動」課程方案，期能 1) 培養學生的創造思考力；2) 幫助學生提升創思表現穩定情緒，專注學習。此課程方案除了在班級經營的導師時間中實施，也隨機實施於班級活動中，包括課前靜心活動與融入學校重要活動。本研究之研究方法是利用行動研究的循環	蕭幸青（20＿＿＿）依慈濟人文課程發展出一套「靜心冥想與曼陀羅創作活動」，經實驗發現，該活動能提升學生的創思表現，且能培養學生專注力及正面情緒，提升學生的想像力，以及幫助學生解決情緒問題。（90 字）

歷程，進行靜心活動、冥想活動、曼陀羅創作活動等三個教學步驟。本研究結果顯示此課程方案對學生有以下影響：(1)靜心活動能培養學生專注力及正面情緒；(2)冥想活動能提升學生的想像力；(3)曼陀羅創作活動能幫助學生發洩情緒，有效解決學生的情緒問題；以及(4)「靜心冥想與曼陀羅創作活動」能有效提升學生的創思表現。(297字)	

等到正式撰寫文獻回顧時，再重新整理文字，架構自己的想法。只是，請切記要遵守文獻引用的規則，不要違反學術倫理。

在尋找、整理和摘要改寫的過程中，你可以逐漸增加對主題的了解。

研究功力逐漸累進了之後，你會發現自己的評量能力提高了，你開始可以察覺一些論文品質的參差不齊，能夠找出先前沒發現的錯誤，也有能力質疑其論點有否疏漏、結論是否正當得體、分析方法是否周延。

討論這些品質、錯誤與疑點，恰恰可以增加你文獻回顧的深度。

文獻分析示範

以下請參考一個簡單的文獻分析示範：

文獻	分析
成立於 1982 年，昇陽（Sun Microsystems）的董事長和 CEO Scott McNealy 提出網路即電腦[9]的理念，隨著 Internet 和企業內網的發展，這句話變成這個時代最重要的科技預言之一。 　　昇陽在 1997 年開始，設計新的知管系統來提升銷售流程，就在當年，該公司已能依靠其 SunWEB 來連接全球兩萬多名員工，整個公司用內網伺服器來維護二萬五千頁網頁和電子文件，一年能節省數億美元的文件印刷及收發費用。 　　然而，僅僅在前一年（即 1996 年），昇陽都還沒認真想過利用這功能強大的 SunWEB，來提高員工和業務夥伴的知識、技巧和能力。 　　昇陽產品汰舊換新得太快，員工要靠傳統的培訓方式趕上日新月異的產品新知，不但速度不夠快，效率也不彰。 　　純粹依靠傳統以教室為基礎的培訓方式，一下灌輸給銷售人員許多來不及消化的新知，還要把銷售人員從顧客身邊拉開好幾天，員工培訓的差旅住宿費用也不低，算起來，每人每週在總部受訓的費用高達 $2,225 美元，損失的銷售時間還不計算在內。 　　此外，與 IBM 和惠普的週及 Digital 的四週新員工培訓時間比起來，昇陽的新員工培訓時間僅有一週，因	昇陽知識網路[10]的背景。 　　公司產品新增得太快，傳統的培訓方式費時費錢，必須想法子利用遠程教學的知識系統。

9　The network is the computer.

10　取材自 Britton Manasco, "Sun's Knowledge Network Enhances its Selling Skills," Knowledge, Inc., 1997

此，比起競爭對手來，昇陽的銷售人員面對客戶時就有
點準備不足，所以，當務之急是開發一套可提供遠距教
學的知識系統，以便非有必要不用把銷售人員從顧客身
邊拉開。SunTAN 系統就是因應這種需要而開發出來的。

　　1996 年，昇陽的兩位培訓主管開始探索以網路做銷
售培訓和銷售支援的可能性，這個願景在一九九七成為
事實年，因為 SunTAN 由 SunU（取 Sun University 之意，
為昇陽的員工訓練機制）開發成功，開始在公司內部啓
用。

　　SunTAN 是以企業內網為基礎的互動式課程管理與
銷售支援系統。它集合了業務培訓、銷售支援、產品新
知及其他一些企業內網上的有用資訊，設計了有效宜人
的使用介面，吸引銷售人員使用，並且為了使資源下
載更快速而把這些資源分存在各地分銷處的伺服器上，
SunTAN 的操作人員可以上傳這些資源，讓銷售人員快
速連接到內容豐富的多媒體知識源。

　　隨著線上知識系統的內容變得更有說服力，教室的
培訓方式就逐漸被取代。新的多媒體技術使培訓資料豐
富多彩，用戶得以擺脫單調的課堂上課方式。

　　SunTAN 提高了公司的知識學習進程。員工除了記
住那些幫助他們賣掉 80% 產品的關鍵資訊外，不用再強
記那些變化快速的新銷售資訊，他們只要知道怎麼在網
路上找自己需要的新知識就行了。

　　SunTAN 系統成了一個有吸引力的學習利器，員工
會自動上線求知。

　　SunTAN 系統長期成功運作的關鍵，來自業務部門的
培訓資金轉投資。例如，SunU 的新員工培訓資金每季大
約轉來二十四萬美元，昇陽全球培訓部也有提供資助。

　　先見者見到
企業內網的遠程
教學潛力，促成了
SunTAN。

　　SunTAN 把昇陽
內網上有用的資訊都
集合起來，分存在各
地分銷處的伺服器上
供員工利用，逐漸取
代教室培訓。

SunTAN 系統的知識內容更充實之後，全球培訓功能就被 SunTAN 與其幕後的專家所取代了。昇陽全球培訓資金曾經高達每月十五萬美元，如今已逐漸降低。

　　SunTAN 減少了員工們到總部受訓的來回旅次和銷售旅行的次數，一年就能為公司省下超過一千萬美元，自動回收了投入系統的資金。

　　無形的收益也是很重要的，SunTAN 適時扮演了知識和績效支援的角色，讓銷售人員在接到客戶的詢問電話時，能快速取得關鍵資訊。更好的是，銷售人員不再需要為了受訓而整個星期棄客戶不顧，這些人在自己的辦公桌前或在家裡，就能按照自己的進度受訓，客戶有問題或需求時也還能夠可以找到這些人。

　　既然 SunU 主要的機制在發展員工機能，那麼它的內容就該由員工們來共同加強，因此，SunTAN 團隊開發了一套模組，讓各地人員易於輸入培訓資訊和銷售支援資源，自此，SunTAN 的知識源不再局限於集中在一個地點的訓練小組。

　　SunTAN 用資料庫技術追蹤和描繪每個用戶使用系統的狀態，有了用戶使用狀態的資料，系統就可以幫用戶制定適合其個人的學習進程，並且在有相關教材進來的時候提醒該位用戶。

　　SunTAN 也能結合 SunLabs（昇陽的研發組織）發展出來的一系列技術，其中一種「概念性索引」的技術，允許用像關鍵字搜尋文字一樣的方式來搜尋影像資訊。

　　為了要發展 SunTAN，昇陽與一些多媒體設計公司和提供知識內容的廠家合作，因為這些外源業已走在前面，知道哪些有用、哪些沒有用，進行外包有時反而要比自己雇人建立系統效率好，有經驗的外源較能說明需求的細節，而且能依客戶需要提供解決方案。

SunTAN 的開發資金來自公司的傳統的員工培訓經費。

資金的回報：SunTAN 大大減少了傳統培訓費用，也提高了銷售人員的效率。

SunTAN 容許各地人員分享培訓和銷售的資源。

SunTAN 的擴充用途：SunTAN 可以追蹤用戶的使用狀態，也可以持續結合公司發展的新技術。

開發複雜的知識系統時利用外部資源是合理的。

SunTAN 本是為昇陽的銷售人員和工程師開發的，如今它還開放給它在全世界的兩萬個代銷商，這些代銷商為昇陽貢獻了超過 60% 業務。SunTAN 也對獨立軟體廠商（像 EDS 和 Oracle 等）開放，因為把知識交到能幫忙銷售的人手上是很合算的。

可是就因為如此，SunTAN 引起了一些公司內部利益上的摩擦。

昇陽的一個部門 SunService Education，本來是靠賣教育訓練系統給昇陽 的客戶牟利的，如今就受到靠提供免費資訊來銷售公司其他產品的 SunTAN 的威脅，這種狀況引發了一些部門間的不愉快。

SunTAN 的服務對象從公司內擴大到公司外，為此還引起了一些利益摩擦，在大公司裡，這種業務衝突有時候很難避免，其利害只能由事件的後續發展來決定。

在尋找下列問題的解答之餘，也可以對以上的文獻有更深入的了解：

1. 昇陽在建立知識管理系統前，面對了什麼困難？

2. 什麼因素促成了 SunTAN 的開發？

3. SunTAN 解決了什麼樣的困難？

4. 請找出由少數人的遠見成就了可觀遠景的類似案例。

5. SunTAN 如何配置知識資源？

6. SunTAN 有何具有吸引力的特色？

7. 開發和維護 SunTAN 的資金來源為何？

8. SunTAN 的成本如何回收？

9. 各地人員如何透過 SunTAN 分享培訓和銷售的資源？

10.為何開發複雜的知識系統時利用外部資源是合理的？

11.SunTAN 引起了始料未及的辦公室政治問題，你可有解決的辦法？

文獻資料的引用

論文中列出參考書目的價值，在於支持該文的論點、增加內容的可信度，因此，論文寫作中有個絕對的原則，即「所有直接引自其他作者的文字，以及任何取自其他資料來源的、具有重要性的資訊，均須標明出處」，這樣做旨在：

1. 讓論文作者不用對其所引用資料的精確性或真實性負責；
2. 防止讀者誤認為該資料是由論文作者本人所提供或發現；
3. 提供延伸閱讀，讓讀者去了解更多細節或更完整的資料；
4. 讓讀者了解該領域中概念、知識或學術演變的歷史脈絡。

引用普遍認知的事實就不需要標註出處，例如「日本及德國是二次大戰的戰敗國」，「李登輝是中華民國第一任民選總統」，「2008 年的奧運在北京舉行等」。一個事實為任何受過大學教育的人所了解，就不需要特別標註了。

在引用某項信度存疑的資料時，應該告知讀者，比較妥善的的做法，是由作者列出各方相互衝突的論點，從旁觀的立場提出看法，並把這些說法加以討論，不要只是引引用那些論點而不做詮釋。如果事實無法完全釐清，作者也有義務把這種狀況告知讀者。

盡量避免以下這類的敘述：

1. Conventional wisdom holds that...（古有明訓，……）
2. It is commonly known that...（眾所周知，……）
3. It is widely believed that...（一般而言，……）

若無法避免，也需要標註一個以上的佐證來源，因為：

4. 讀者可能不認為那是眾所周知的一般說法，他們需要更多證據才願心服。

5. 讀者可能不是該領域的專家，需要作者提供更多資訊來幫他們理解內容。

　　另外，所有標註出處的資料均須爲「永久性」資料[11]。

　　有個簡單的方法可以判斷資料是否具有永久性，即，所有列於標準資料庫[12]的文獻都可視爲永久性資料。學術期刊是由專業社群所出版發行，學術期刊是對專業讀者負責，由讀者的訂閱費用維持其運作，文章發表前通常有該專業的專家審閱其精確性[13]，較具公信力。另外，書籍（具有 ISBN）、專利文件及政府報告等，亦可視爲永久性（或已建檔）資料。

　　有些信度較高的報章雜誌[14]是不乏引用價值的，只是引用時請愼重篩選。至於一般的商業文件[15]，應該盡量避免引用，一般圖書館即使將這些文件列入館藏，也會在收到新版本之後將舊版淘汰。另外，產業雜誌會刊登編輯想發行的任何內容，其中有些文章是由廠商所撰寫，常帶有廣告動機，產業雜誌是靠廣告收入維持，是對其廣告業主負責，因此並不客觀。

　　網路亦非永久性資料來源。網路上的資料若沒有標註出處，亦不具支持論點的價值，網路作者可以持續修改、增刪其文件，也不像學術期刊內容那樣經過同儕審驗，因此在網路資料的穩定性及可信度均較低。作者或網路管理員改變網域時，文件會移至新的網域路徑，

---

[11]　亦稱已建檔（Archived）的資料。

[12]　例如 EI、IEEE、INSPEC、ISSN、SCI、SCOPUS、SSCI、TSSCI 等期刊資料庫，碩博士論文資料庫等等均是。

[13]　其過程稱為同儕審閱（peer review）。

[14]　像《天下》雜誌、《商業周刊》、*New York Time*、*Wall Stree Journal* 等等。

[15]　例如使用說明、產品的規格標示及產業雜誌（trade magazine）等。

使得在原來的網址無法找到文獻。難以求證，這對論文的引證不具價值。

本章習作

　　以下這篇報導文獻的寫作流程雖有些凌亂[16]，但文字還算差強人意，試用本章的文獻分析方法來加以分析[17]。

> ## Web 怎樣幫助福特歐洲公司獲得前所未有的利潤
>
> 　　「Web 技術的確是幫助我們實現所有目標的一個不可或缺的重要手段。我們需利用這項技術來與客戶、經銷商、供應商、我們自己的員工互通資訊、保持聯繫。
>
> 　　　　　　　　——福特汽車首席運營主管 Nick Scheele
>
> 　　「網路技術是福特歐洲開展業務的一個非常重要的工具。如果沒有這項技術，我們將無法正常開展業務，也肯定無法在一年內獲得超過十億美元的利潤，這個數位遠遠超過了福特公司有史以來最高的利潤記錄。」
>
> 　　　　　　　　——福特歐洲總裁 David Thursfield

---

[16]　本文獻在質的方面不見得盡如理想，因此就一些不完美的文獻來探討，也是練習的一部分。

[17]　提示：背景、挑戰、解決方案、電子商務的回報、基本情況、新型業務模式、迅速崛起的銷售網站、線上協同作業環境、員工生產力、領導能力的作用、外界經驗扮演的角色、目標、成果與利潤等方面來分析。

　　福特汽車公司是全球第二大汽車製造商，每年在全球生產將近七百萬輛汽車，年營業額超過一千六百億美元。福特在2000年將目標定為「領先全球、面向消費者的汽車產品和服務公司」，並制定了兩個主要的全球發展重點，即客戶滿意度和電子商務。

　　在二十世紀90年代後期，福特歐洲一直面對成本、品質、客戶滿意度以及盈利能力等問題艱苦地奮鬥，為了解決這些領域存在的問題，福特將其網路計畫按照優先等級，分為三類：B2C（公司對顧客，business to customer），即面向客戶和經銷商的業務；B2B（公司對公司，business to business），即面向供應商和產品開發的領域；以及B2E（公司對員工 business to employee），即面向員工工作流程和企業文化的活動。

　　母公司對於電子商務的關注促成了一項網路轉型計畫，福特希望能夠借助這項計畫獲得所需要的利潤。福特歐洲在這三個網路計畫領域的卓越領導能力、自上而下的管理和嚴格執行的方式，使公司在三個領域都領先了業界，並為業務和員工帶來了很多有形的和無形的好處，在過程中間，顧問公司的支援和建議發揮了極其重要的作用。

　　福特歐洲在2000～2001財報年度獲得了十億美元的利潤，其中Web計畫做了重要的貢獻。具體例子包括：

1. 福特線上銷售網站：20%業務增加量和更高的銷售利潤。

2. E-feasibility計畫：在推出一樣新款車的過程中節約兩

千七百萬美元。

3. 員工網路化計畫：提升了生產力。

福特歐洲目前是福特業績最佳的分公司，歐洲是福特的第二大銷售市場（僅次於美國），福特公司的總裁 Bill Ford 說這是福特汽車公司有史以來最讓人滿意的業績。

Nick Scheele 說明福特對電子商務感興趣的原因：「目前，全歐洲的汽車行業大約都需要八週以上的時間來將產品從工廠發送到客戶手中，每年的銷售總額約為一千二百億美元，如果可以了解客戶的需求，製造符合他們需要的汽車，並且及時供貨，就可以把交車期縮短到兩週，相當於每輛車節約六百美元。」

福特在全球都將電子商務作為發展重點，由福特總部負責集中制定發展目標和安排時間進度，再由各個業務部門和地區負責制定和實施它們自己的 Web 計畫，這種做法有助於產生發展動力，在整個公司樹立起一種鼓勵創新的企業精神，同時還考慮到各個地區的文化和市場差異，保障了業務的正常運營。

福特歐洲在二十世紀 90 年代後期遭遇了嚴重的問題，福特歐洲的資訊科技和電子商務基礎設施主管 Richard Thwaite 解釋說：「推動我們的 Web 計畫發展的主要動力，來自於我們的歐洲業務前此所遭遇的嚴重財務困難，我們需要大幅改造業務，這涉及到質量、成本和客戶滿意度等諸多領域。」

福特汽車公司是全球第二大汽車製造商，連續十五年都

是全美最暢銷的汽車和卡車品牌，十款最暢銷的車型中有五款都來自於福特，它的所有品牌在美國市場的總占有率達到了 22.8%（2000 年為 23.7%）。福特的高級汽車集團（Premier Automotive Group）中的 Jaguar 和 Volvo 2001 年創造了空前的銷售記錄，並連續三年刷新了美國的銷售記錄，可是福特在 2001 年的統計資料顯示業務不如從前：

1. 2001 年收入為 1,624 億美元，比 2000 年減少了 5%
2. 2001 年售出汽車 699 萬 1 千輛，比 2000 年減少了 6%
3. 2001 年淨虧損 55.5 億美元，包括特殊開支和其他款項

相形之下，福特歐洲分公司在 2001 年的統計資料：

1. 2001 年營業額 319.3 億美元，比 2000 年提高 11%
2. 2001 年利潤產兩億六千六百萬美元，由 2000 年的虧損三千五百萬美元轉虧為盈
3. 2001 年售出汽車 216 萬 1 千輛，高出 2000 年的 188 萬 2 千輛
4. 2001 年市場占有率 10.7%，高出 2000 年的 9.9%

　　抓住 B2C、B2B 和 B2E 的網路轉型方式在福特歐洲扭虧為盈的過程中扮演了非常重要的角色。Richard Thwaite 指出：「我們由電子商務轉型獲得的好處不僅在數千萬美元的利潤，更加重要的是，電子商務可以更快為我們提供更多的產品和更高的客戶滿意度。」

　　福特歐洲的總裁兼主席 David Thursfield 補充指出：「我們從推動式製造流程轉變為非常精鍊、機動的吸引式業務模

式，我們在創建有助工程師和供應商協同作業的虛擬世界。我們將員工的日常活動網路化的目的不僅在提高生產力，也是為了進行一種影響深遠的 Internet 文化轉型。」

　　福特歐洲 B2C 的一個重要實例是福特線上銷售網站，這是大型汽車廠商首次在英國直接透過 Web 向公眾銷售汽車，從 2000 年 10 月正式推出，一年多的時間，該網站吸引了超過一百萬次瀏覽，平均瀏覽時間為五分鐘，福特獲得了其中二萬五千位訪問者的詳細資訊。客戶在任何時候都只須點十四次滑鼠，就可以配置、購買或者貸款購買一輛汽車，這個網站還可以自動連結到原有的後臺處理應用，例如庫存系統、經銷商列表、福特信貸和計價系統。在完成 Web 交易的十天之後，以這種方式訂購的汽車就可以由客戶所選擇的經銷商送到客戶手中。

　　這個網站給福特帶來了顯著的優勢包括：

1. 增加了業務管道：調查顯示，福特線上銷售網站銷售額中的 20% 是無法藉其他方式獲得的。
2. 提升了產品價值：線上配置的汽車通常具有更加豐富的配件，每輛車的價值能增加約四百美元
3. 改善了客戶資料：該網站可以蒐集關於客戶的需求和未經過濾的原始資料
4. 增強了售前效應：大約八千名客戶在瀏覽了該網站以後，從經銷商那裡購買了一輛福特汽車。

福特汽車的董事 Steve Parker 表示：「這個網站具有很強

的品牌效應，而且自動提升了客戶的體驗，瀏覽該網站的客戶中有 90% 第一次就找到了他們所需要的車型。我們的競爭力顯然因福特線上銷售網站而加強。」

歐洲福特的 e-feasibility 計畫是其 B2B 領域的一項鼓舞人心的計畫，來自全球各地的產品開發工程師、製造流程工程師和供應商可以在線上協同作業環境中組成虛擬團隊，進行緊密合作。E-feasibility 創建一種新型的合作模式，可在生產出第一個原型的九個月之前，就模擬零件和車輛的組裝、車輛的人體工程學設計、加工和自動生產設備編程等工作。這可以幫助工程師們在事先就發現問題並消除隱患。

福特在製造新型的 Fiesta 時使用了該系統，將原型開發成本降低 15%，該車型的上市時間比預期縮短了五個月（其中有兩個月直接貢獻自 e-feasibility 系統），品質缺陷減少了35%，從而節約了品保成本。Richard Thwaite 表示：「E-feasibility 讓我們僅在這一款新車型上就減少兩千七百萬美元的開發成本，成本節約的幅度隨著時間推移不斷提升，有助提高最終成品的品質，進而提高客戶的滿意度。」

對於 B2E 環境，David Thursfield 表示：「讓員工實現全面網路化的好處非常顯著，它能大幅度地提升公司的業績。」福特內網是全球第二大內網，每天大約有一半的福特員工都要進入這個內網的門戶（my.ford.com），員工可以根據自己的需求設定入口網頁，福特還將員工在日常工作中需要用到的工具放到了網上。員工可以透過 my.ford.com 瀏覽福特的人力資源

網站，隨時隨地藉內網查看與人力資源有關的資訊，處理各種個人事務，例如：薪資表、公司補助、公司汽車訂購、職位空缺、個人考核、差旅費和其他開銷的報支等。

　　愈來愈多與人力資源有關的事務變成自動執行，增強了員工的自助服務能力，同時提高了準確性，降低了成本。據估計，這計畫幫助福特每年節約四百萬美元。Richard Thwaite 表示：「藉由 e-working，不僅在公司中建立起了一種 Internet 文化，還提高了員工的工作效率，讓大家不用把時間浪費在低價值的日常事務上，而可以把精力集中在高附加值的任務上。」

　　對於福特歐洲來說，網路轉型是一場自上而下的改革，福特為此專門設立了一個網路化委員會，其中不僅包括福特的高層管理人員，還包括來自 IBM 和網路顧問公司的高級代表，這些人帶來自己的觀點和經驗，網路化委員會之下還設立了多個工作組，作用是將抽象的概念轉變成實際的工作流程。

　　David Thursfield 解釋了顧問公司在這當中扮演的角色：「顧問公司利用自己的經驗，根據汽車行業的特點，幫助我們設計了資訊科技模式。」

　　Nick Scheele 表示：「顧問公司為福特帶來的關鍵的幫助之一是嚴格執行的概念，它意味著只要循序漸進地開展這項網路轉型任務，你終將獲得成功。」

　　在 2000～2001 財報年度，福特歐洲的利潤超過了十億美元，網路轉型計畫所獲得在它的成功中扮演了極為重要的角色。Web 技術的確是助其實現目標的不可或缺的手段，福特歐

洲需要利用這項技術來與客戶、經銷商、供應商以及自己的員工互通資訊、保持聯繫。

　　David Thursfield 總結說：「網路技術是福特歐洲開展業務的一個非常重要的工具。如果沒有這項技術，我們將無法正常開展業務，也肯定無法在一年內獲得超過十億美元的利潤，這個數位遠遠超過了福特公司有史以來最高的利潤記錄。」

第七章
研究計畫書寫作指南

本章提綱

◎題目

◎摘要與關鍵詞

　　一、摘要

　　二、關鍵字詞表

◎研究目的

◎相關文獻探討

◎研究內容描述

　　一、研究程序

　　二、具體工作項目與預期成果

◎結果分析

◎結論與其他

　　研究或論文計畫書依詳盡的程度，大致可分為兩類：一類是具體而微的「基本型」，多在修業早期或是在正式進行研究就提出，研究計畫書多屬此類；另一類是在修業末期才提出的、萬事俱備只欠東風的「完備型」。完備型的計畫書的寫作綱要與正式畢業論文或是研究論文者大同小異，只是前者還缺了正式研究數據分析和結果的討論，且深度與困難度不如後者之高而已。

　　論文計畫書的寫作有一般的模式可循，其籌備、組織等等事宜，就是本章要演繹的部分。

　　計畫書的內容都不外乎敘述研究題目之定義與基本假設、研究動機、背景說明與文獻綜覽、研究方法，及所需設備材料、預期結果、時程安排及參考資料等等。

　　本撰寫綱要適用的範圍除論文計畫書外，還包括研究計畫書，甚至還觸及了正式研究的結案報告（Final Report），擴而充之，亦可以當作正式論文（Research Paper, Thesis, and Dissertation）的寫作架構來參考。

　　計畫書格式與內容大致應該包含以下各要項：

1. 題目（Title）
2. 摘要（Abstract）
3. 研究目的 (Purpose)
4. 文獻探討（Literature Review）
5. 研究內容描述（Description）
6. 結果分析與討論（Results and Discussion）
7. 結論（Conclusion）

　　只要能清楚介紹研究的詳細內容，以上這些要項的標題可以增刪、修改或合併，其順序亦可調整。建議讀者廣尋期刊或研討會論文集，以不同類型與不同研究主題之研究報告做例子，參考其寫法。為了讓讀者評量自己所選用的範本有無參考價值，以下自數個不同的來源舉了一系列的例子，作為參照的依據。

　　利用本章所述的寫作論文計畫書的方式，將經過整理和分類的資料融會貫通，依序放入綱目內，就可以理出論文的芻形。

題目

論文的命名力求簡單明瞭，並直接反映論文的主題。英文論文題目以不超過十五字為原則，中文論文題目可以稍長，但也應以二十字為限，過長的題目容易纏夾饒舌，令人抓不住要點。

論文題目應該能夠清楚傳達研究的方向。過長或過短都不適當，應該用最精簡的題目來涵蓋最多的研究主題資訊。

為了避免題目過長，在不損及原題所欲代表的意義時，有時候可以刪去類似「之研究」的字樣，例如：

> 原命名：大陸經濟發展對臺灣經濟結構的影響之研究
> 修正後：大陸經濟發展對臺灣經濟結構的影響

而如果一般長度的題目不足以完全表達論文的主題，又為了避免題目太長、太饒舌，可以在原有題目外加上一個副題，使主題和副題可以用冒號或破折號來分開，例如：

1. 質性及量化文字的經營準則：管理、人文與社會科學的研究寫作
2. 英文業務書信寫作——提升國際競爭力之專業英文溝通藝術

提起副題，不免令人感慨起社會學門論文流行用「以……為例」做副題的風氣，此風不知起自何時，例子之多，可以信手拈來：

1. 國民小學推動週休三日可行性之研究——以臺北地區為例
2. 捷運交通運輸網之研究——以高雄地區為例

　　僅僅研究了區域性的「高雄地區捷運交通運輸網」的數據，卻以全稱性的《捷運交通運輸網之研究》來命名，然後心虛地在題目後面補上「以高雄地區為例」，實在並不足取。

　　因此，這類題目大可以改成老老實實的：

1. 臺北地區國小推動週休三日之可行性研究
2. 高雄地區捷運交通運輸網之研究

　　懇請有識之士一起努力，消除論文題目中「以 …… 為例」的風氣。

摘要與關鍵詞

一、摘要

　　摘要是論文，乃至任何長篇文件的門面，宜簡潔精準。

　　一般計畫書的摘要下限可以是 100 至 150 字，上限則可在 300 至 400 字，至於長篇如博、碩士論文者，其摘要也不宜太冗長，應以 500 字為限，摘要愈精簡，讀者愈容易了解你研究的中心概念。

　　把計畫的重點依研究的目的[1]、方法[2]、結果[3]三部分，用一段完整的文字敘述出來，既方便又合宜的方法就是用個簡單的句子開始：

> 本研究旨在 ……
>
> 本論文的目的在於 ……

　　直接切入主題之後，引出整篇論文的要點，以下是摘要的寫作例子：

寫作項目	寫作範例
點出研究目的	本研究旨在在探討探究式教學的實施對低成就學生在學習動機的影響，並理解在行動研究的歷程中所遭遇的困難及相關的解決之道。
敘述研究方法	本研究對某國中的六位低成就學生進行為期一學期的行動研究，蒐集教師反思日誌、學生學習單、課室觀察錄影帶、學生晤談資料等質性資料，以及學生學習動機問卷等量化資料。資料分析的方式主要有編碼建制、分析與比較、單因子變異數分析及雪費法事後比較，研究結果以三角校正呈現。
說明結果	本研究發現，探究教學能改善低成就學生的學習態度、增進學生面對較難的科學觀念或活動時有正向積極態度、促進學生能主動釐清觀念、從課程或活動中獲得成就感並提升其科學學習的信心等。另，行動研究者面臨到的困難為：學習單設計、學生的態度及適應、秩序問題、學生考試壓力、小組合作等問題，改善策略為：結合課程內容與日常生活經

---

[1]　說明此論文的目的或主要想解決的問題。

[2]　說明主要工作過程及所用的方法，所需的主要設備和工具等。

[3]　說明此研究過程的預期結果，如有可能，可以提出該結果的應用範圍和情況。

> 驗、增加動手操作的部分、明確告知活動規訂、提醒討論報告模式、訓練小組長並適時給予協助、進行簡單易觀察的活動、採取稍高於學生能力的挑戰、增加教師引導的部分、運用發問的技巧帶動學生的討論、利用考前一週則進行精熟式的教學、尋求行政及同儕支援以及專家諮詢。

　　將上面寫作範例中的三段整合成一段，就成了一個很好的摘要。

　　另外，寫作計畫書時，由於正式的研究結果尚未出爐，可以用預期結果代替之：

1. 本研究預期發現，教師的背景、專業發展和教學行為等三種因素與學生數學認知表現的關係。
2. 本研究預期發現，經由混合式數位教學策略與多媒體交互表徵教材的訓練，是否較能增進學習者之學習動機，提高學習內容的理解，以及保留學習效果。

　　請避免在摘要中使用公司名稱、字首縮寫（Acronyms）和符號，內文中沒有的資訊也不要出現在摘要裡，這是非常的一點，不要讓讀者在摘要中找到論文裡沒有的資訊。

　　基於國際化的原則，接受中文論文的期刊、會議或單位都多要求來稿加上英文摘要，以作為中文摘要的對照。英文摘要可以自成一體，只要能順暢達意，事實上並不需要是逐句中英對照的翻譯。

本研究旨在了解少子化後生源減少對高職經營管理的壓力與影響，進而檢討學校管理階層對此壓力的因應對策。本研究採問卷調查法蒐集資料，以全國高職校長 157 人及行政主管代表 471 人，共計 628 人為研究對象，並以研究者自編「高職學校經營管理壓力與學校因應策略之相關研究問卷」為調查工具進行調查，再將所蒐集資料以 SPSS for Windows 13.0 之 t 考驗、描述性統計、皮爾遜積差相關、單因子變異數分析進行統計分析，最後根據分析結果提出研究發現。本研究在文獻探討評析所獲得之發現如下：

1. 學生來源減少，公私立高職主管普遍面臨招生不足的壓力。

2. 學校所在地區及學校形象，對招生會產生很大的影響。

3. 學校升學取向與技能取向讓主管難以取捨。

4. 科系調整應隨就業市場迅速變化與多元化做調整。

5. 教師應培養多元專業技能，以提升個人競爭力。

6. 學校主管宜加強企管概念，以推展學校良好形象。

7. 學校主管宜採鼓勵創新、積極主動的領導方式，並強調開源節流

This study aims to identify vocational senior high school (VSHS) administrators' management pressure and their coping strategies, as VSHS administrors are facing the challenge of student population shrinkage. The researcher uses questionnaire survey method to collect the required data, which include 157 VSHS principals and 471 VSHS representatives. The study uses SPSS for Windows 13.0 to analyze the collected data. These analyses include descriptive statistics, t-test, Pearson product-moment correlation and one-way ANOVA statistics modules. The findings of this research include:

1. The VSHS administrators' management pressure is mainly caused by the student population shrinkage.

2. The locations and images of VSHS would affect the students willingness to register to the school.

3. For VSHS administrators, to choose whether to take education-oriented or skill-orientated educational goal is intricated.

4. Departmental curriculum should be actively adjusted as per career market.

5. Teachers should be more versatile professionally in order to improve their own competitivenes.

6. Administrators need to be more marketing

的成本觀。 8. 對學校的未來發展，轉型或退場要有靈活應變機制。 9. 政府對高職教育仍未真正鬆綁，主管須隨時因應政策的改變做出對策。 10. 政府補助經費分配宜趨向公平合理，以提升公私立高職相互間之競爭力。	oriented to enhance the school image. 7. Administrators should take a more actively leadership. Their management style should be more creative and encouraging. Cost and benefit management is also important. 8. The policy and implementation of VSHS future development should be more flexible. 9. Administrators need to pay high attention to the governmental policy related to the vocation technical educational system. 10. The allocation of governmental financial supplement on vocation technical schools should be fair to provide a reasonable competition platform for public and private VSHS.

二、關鍵字詞表

　　關鍵字表旨在提供索引以利圖書書目系統編碼，供有興趣的人士按那些字來檢索論文，電腦化的索引系統建立後，研究者更可以依關鍵字找到資料庫內所有與該字有關的文章，

　　慎重使用關鍵詞能彰顯出論文的類別，因此，關鍵字詞表應該涵蓋論文中一再出現的、與研究內容有重要關係的字彙，想一想我們在尋找自己論文時所會使用的關鍵字，精準使用這些字，會讓我們的論文優先出現在搜尋結果中。

　　在關鍵字表中，西文字彙應該依字母次序排列，中文字彙則應依筆畫數排列，表中較長的字詞若在內文中有用縮寫字代替，則可以在

各該字詞之後附上該縮寫字。

　　關鍵字表的寫法變化不大，關鍵字詞的數目宜以五個為上限，過多關鍵字易於造成索引時失去焦點，請看下面的中英文關鍵字表例子：

關鍵字：人因工程、人為疏失、行為失效

關鍵字：創意思考、教學方法

Keywords: Block Diagram Programming (BDP), Geographical Information System (GIS), Graphical User Interface (GUI), and Real-time Data Acquisition.

Keywords: creative thinking, teaching mathod

研究目的

　　在此節應標出所要解決的問題（what）及要解決該問題的原因（why），詳細敘述（不見得需要依照下述的順序）：

1. 題目的重要性，
2. 選定這個題目的原因，
3. 要做些什麼，預計如何做，及
4. 希望達到的成效等等。

相關文獻探討

　　文獻探討的目的在於介紹及討論別人做過的相關研究，旨在說明前人已經在你目前要研究的方向上做了些什麼，你也可以提出那些研

究的優缺點，然後引導出自己要做的主題目，合格的研究主題可以
是：

1. 別人沒做過的
2. 為改進別人研究的缺點而做，或
3. 應用相同的方法來解決不同領域的問題

　　以下引用的範例強調是為改進別人研究的缺點而做：

寫作項目	寫作範例
介紹別人做過的相關研究	江本勝的實驗與結果引起了爭議，他們表現出附會與謾罵兩種極端的反應。由於此書在臺灣發行銷路頗佳，再加上經過媒體報導與鼓吹，不少學校老師知道了這個實驗之後，也帶著學生做了系列相關的「校園善念實驗」為江本勝的「發現」背書。 　　其中有一個對米飯發意念的實驗，由高雄縣新甲國小鄭舒云老師發起，實驗期間為 2003 年 2 月 10 日至 21 日，共 12 天…… ……實驗過程…… ……實驗結果…… ……實驗結果詮釋…… 　　另外還有一個對饅頭發意念的實驗，該實驗由臺中縣東平國小五年十班羅翎尹老師所發起，該實驗只在該班做了一次（見表一），實驗期間為 2003/02/17 至 2003/02/27…… ……實驗過程…… ……實驗結果…… ……實驗結果詮釋…… 　　稍後臺北縣重慶國小的石如玉老師亦發起了類似的實驗，進行的期間為 2003/04/21 至 2003/04/25…… ……實驗過程…… ……實驗結果…… ……實驗結果詮釋……

表明前人 未做過類 似的研究 （或前人 研究的缺 點）	各該指導老師在突破制式教學上的用心，以及將善意、善念導入課程教學，應該予以肯定，但若以「科學教育」的眼光來看，這些老師所指導的實驗過程和結果詮釋方法，對於養成學童們的科學素養而言，卻是有害的。因為，他們指導的實驗過程談不上嚴謹，其詮釋結果的方式是建立在先入為主的假設上，則恰足以為偽科學背書。這些詮釋充滿了以人為中心的主觀和感性，而且與實驗本身並不相干，因此並不合乎科學詮釋的規格。

　　本節內容若不足以自成一節，可併入前「研究目的」節。

 ## 研究內容描述

　　本節是全篇的重頭戲，份量較多，可以拆成幾個小節，各給予適當的標題，描述研究的假設、進行的方法及大概的研究程序，與詳細介紹要做的內容

一、研究程序

　　在正式論文報告內，在這部分要詳細介紹論文所涉及的內容（如系統架構、採用的方法或模型、實驗設計、程序，與雛形系統發展等）。而在計畫書階段，如果詳細的方法尚未成形，可以只寫出大概的方法，但仍以清楚明白為上。

　　在此節應詳盡描述所要做的東西，必要時可輔以圖表，可能的話也不妨介紹相關的專業知識（如：圖形識別、資料探勘、IC 製程等），以引導審閱者進入該研究領域的知識內。

　　接著要詳細介紹研究的或解決問題的方法，例如：

1. 要發展一個系統，就要畫出其系統架構圖；

2. 要發展程式來解決問題，就要寫下詳細的或程序；
3. 要做問卷調查，就要詳細說明問卷設計與抽樣方法；
4. 要做實驗，就要詳細介紹實驗的條件等。

以下是以實驗法為例的寫作範例

寫作項目	寫作範例
實驗設計	1. 發給各組三個饅頭，分別放在乾淨的玻璃燒杯中，在三個相同的燒杯裡分別放入饅頭，並用錫箔紙封起來。 2. 將實驗品分成甲組、乙組和對照組。 3. 每天早上、下午兩次分別對甲組說「可愛的黴菌，展現你的生命力吧」、對乙組說「討厭的黴菌，所有人都厭惡你」，對於對照組則不採取任何行動。 4. 同時觀察及記錄饅頭的變化。
架構 模型方法	

此外，在本節中，研究範圍與限制的說明也不可免：

寫作項目	寫作範例
研究範圍	依照「校園善念實驗」的,將原實驗對象(米飯與饅頭)改成與其生存有衝突的黴菌,以便找出: ・咒罵黴菌是否會抑制黴菌的生長? ・讚美黴菌是否會加速黴菌的生長? ・同時咒罵饅頭和黴菌,或是同時讚美饅頭和黴菌,會造成什麼效果?
假設與限制	假設黴、饅頭與米飯均有意識,則可能發生以下的限制: ・對照組或讚美組的黴可能感應到責罵挨罵組的黴,而認為人家罵的是自己, ・黴與饅頭或米飯可能不了解人類對它們的身份定位,因而分辨不出自己到底是挨罵還是受讚美。 此類情況足以影響實驗之信度,有待實驗進行時小心觀察。

二、具體工作項目與預期成果

　　具體工作項目與預期成果部分是計畫書不同於論文或其他報告的一節,在這一節中應該:

1. 詳細列出要做的工作項目,

2. 強調成果以突顯研究的價值,以及

3. 說明對什麼有幫助?有什麼幫助?

寫作項目	寫作範例
預期完成之工作	本研究預期雇用三位未曾接觸「校園善念實驗」的資優小學生,在研究者指導下,以比小學教室更嚴密的實驗室環境,在兩個月暑假內完成三十組實驗,其中十組重複「校園善念實驗」中的米飯實驗,十組重複「校園善念實驗」中的饅頭實驗,另十組實驗則為新的發黴實驗,每日登錄並交叉比照實驗結果。

預期成果	預期研究完成後的成果包括： ・發表論文於國內相關領域的教育期刊， ・參加二至三個教學藝術的研討會， ・建立網站以大眾科學的方式發表實驗成果。
預期效益或貢獻	史金納（B. F. Skinner）在其經典實驗把飢餓的鴿子放在籠中，餵食器每隔十五秒就持續五秒鐘釋放出食物，漸漸地，幾乎所有的餓鴿都會發展出明顯的儀式行為。例如，在接近食物出現時，某隻鴿子會開始繞著鴿籠轉，另外一隻則拚命將頭擠向籠子上方的某個角落，諸如此類。主要是因為鴿子們迷信式地以為牠們的做法引來食物。但其實鴿子只要等待，就可獲得食物，食物的出現和鴿子的動作並無任何關聯（Highfield, 2002）。 　　人受到模式和巧合所引導時，就會跟史金納鴿子很像，久而久之，網路上就流傳了這些可能誤導學人的「校園善念實驗」。 　　米飯實驗的指導老師先讓小朋友看水結晶實驗的圖片，讓小朋友「了解」： 　　…… 說的話和心裡想的念頭都是有力量的，好的念頭和話語會帶來好的影響，水結晶變得非常美麗；相反地，不好的念頭和話語則會產生不好的影響，使水不能產生結晶 …… 　　這種用意善良的引導，恰好造成了該「科學實驗」的最大缺憾，那就是試圖引導實驗者向統一的結論邁進。讓實驗者進入了史金納鴿子的行為或思考模式， 　　本研究以更嚴謹的方式進行，並以不預設立場的方式提出詮釋，預期可以獲得此「校園善念實驗」更客觀的結論，為各級教育者提供正確科學教育方法的參考。

　　必要時可以用甘特圖[4]呈現計畫的時程：

4　甘特圖（Gantt Chart）是由 Henry L. Gantt 所發展出的的管理工具，以橫軸表示時間，在縱軸列出活動項目，用長條顯示專案相關活動的進展情況，如此可以表明

	20＿＿＿＿＿＿					20＿＿＿＿＿＿						
	8月	9月	10月	11月	12月	1月	2月	3月	4月	5月	6月	7月
查考文獻	■	■										
彙整文獻資料		■	■									
寫吸作電腦程式				■	■	■	■	■				
數據測試及模擬								■	■			
數據整理及驗證									■	■		
撰寫論文									■	■	■	
結案												■

研究完成之後，結案報告書格式只要刪去計畫書內容中的具體工作項目與預期成果部分，並加強以下兩節的結果分析與討論部分即可。

結果分析

在結案報告或正式論文中，結果分析部分十分重要，本節主要在說明：

1. 研究得到什麼結果？

2. 用什麼分析手法？

3. 與別人做的結果比較起來如何？

研究者必須將分析結果整理成一份方便讀者理解的資料，此時將資料圖表化是很好的方法

在計畫書階段，研究結果若還不具體，則結果分析這一節就可以省略，但是，若研究已經有了初步成果，則本節可以酌情併入下一節

任務在什麼時候進行，管理者由此可以評估工作是否正常進行。甘特圖簡單、醒目且便於編製，是理想的專案管理工具。

之結論項目之下。

 ## 結論與其他

　　結論乃是研究的總結報告，有必要把前面各章節的重點扼要重述一下，並把所有重要發現都加以討論，絕不僅僅是將所有的資料重新排列而已。此時宜避免超出研究範圍的結論，避免以偏概全或過度解讀單獨事件，也應避免使用類似「應該」、「必定」、「必須」的主觀詞句放大個人的意見的重要性，例如以下的原文就過度主觀且誇大：

原文	建議修訂
「品質成本資訊系統」的開發，實乃當前產學界責無旁貸且已刻不容緩的任務。	當前產學界實宜加速「品質成本資訊系統」之開發工作。

　　正式結案報告、研究報告或是論文的結論，宜：

1. 重申研究的重點，
2. 指出研究結果的優點，
3. 說明研究的發現，並
4. 把缺點的部分以正向敘述的方式，置入未來可以繼續研究或改進的方向[5]。

　　如果只是計畫書的結論，則要只要強調該研究的重要性及目前已經做到的程度。在計畫書階段，連目前研究都還不具體，那麼「未來研究或改進的方向」這部分自然可以省略。

---

[5]　意即，與其使用類似「本研究的缺點是 …… 」的句型，不如用「未來本研究在 …… 方面可以加強 …… 」的句型。

以下引用的範例是一個精簡的結論：

寫作項目	寫作範例
重申研究的重點	探索人的意念對事物影響的「校園善念實驗」被一些小學老師應用在課程與教學上，相關資訊並在網際網路上廣泛流傳，基於此乃教育與教學上值得探討的一個議題，本研究針對「校園善念實驗」設計了過程相似但性質相對的實驗，藉以檢驗證原實驗者的實驗嚴謹度，並對其連帶所衍生的問題加以檢視，同時探討其被運用在教育上的可能影響。
強調研究的重要性	科學教育包括兩個層面：一是科學知識、科學方法的傳授，二是科學精神的培養。從事科學教育者，應該充實自己的科學知識、熟悉科學方法，與培養正確的科學精神，否則難保不會犯下「以盲引盲」的錯誤。「校園善念實驗」的案例中，一些老師用心地將自己的善意融入在課程與教學活動裡面的態度，絕對值得肯定。然而，善意並無法抵銷錯誤，若以「科學教育」的眼光來看，這些老師所指導的實驗過程和結果詮釋方法，對於養成學童們的科學素養而言，卻極可能適得其反。因為他們指導的實驗過程談不上嚴謹，其結果詮釋方式也恰足以為偽科學背書 ─ 如此的問題若能提出來釐清並引以為惕，其實也可以是正面的教材。
目前達到的程度	本研究已經完成了文獻蒐集、實驗團隊的建立以及實驗方向的確立，目前正進入實驗資金籌備階段。

最後還要加上參考資料表以示引論有據[6]。

第八章

論文編修的原則與範例

　　論文或報告的寫作的的重要目的，是要把某種觀念傳達給讀者，評量作品好壞的是讀者（包括你的指導教授及論文或計畫的審核委員等），因此，不要太在乎自己的文采有沒有好好表露出來，而該花更多的精神來考量讀者的接受程度。

　　有些簡單易行的原則可以讓我們在寫作論文時不致在文字上進退失據。這些原則是：

1. 相關資料應該經過仔細核對，務使準確無誤。

2. 研討部分是論文的主體，應該占論文或報告的主要部分。

3. 標點符號宜恰當，文章轉折宜清楚，文意必須通順且符合文法。

4. 涵蓋的項目都應該與研究的宗旨有關，一切無關的資料均應剔除，也不要光只是堆疊一些摘要或引用語。

5. 摘要、引用文字（citations）、註腳（footnotes）、參考書目及資料的格式必須正確而且前後一致。

6. 應該提出自己對該研究主題的貢獻、分析自己見解與其他研究的異同，並舉出實證支持自己的論點。

7. 應該敘述研究過程的全貌，並對該研究所要解決的問題提出明確的結論或建議，且結論應該簡潔有力，並正確表達研究成果。

8. 若論文是對前人研究的討論或闡述，則討論中應該增添新的證據，或對現有證據的新安排方式確實比前人的舊方法更清楚？

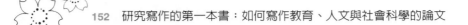

　　校稿時一定要紮實審閱，依照上述幾個應該避免的原則一一檢閱，然後記住不要重蹈覆轍。本章用註腳的方式，來分析常見的、不合論文寫作規範及準則的例子。

原文（6,230字）	建議修訂（5,010字）
1. 前言 　　在今日競爭益趨激烈的網路時代中，不僅交易模式丕變，企業管理模式與思維亦應隨之改觀，方能確保企業求創新求改進原動力的長存，而在諸多新興管理手法中，[1]「品質成本管理法」因強調企業在提升品質的同時亦可降低成本，一改傳統高品質即高成本的迷思[2]，而獲諸多歐、美企業的青睞與驗證，結果發現，企業導入品質成本後確可達成品質提升、同時降低成本的顯著成效。 　　相較國外[3]產學界多年來在實際執行品質成本制度所累積的豐富經驗，國內學術界在此領域的發展亦不遑多讓，[4]成果亦多已提供國內企業於導入品質成本制時作為參考。表一[5]	1. 前言 　　品質成本管理法因強調企業在提昇品質的同時亦可降低成本，一改高品質即高成本的傳統觀念，而獲諸多歐、美企業的青睞與驗證，發現企業導入品質成本後確可達成品質提升、同時降低成本的顯著成效。 　　表 1 列示了產學界歷年來針對品質成本制度（Cost of Quality, COQ）[6]實施程度調查之結果。

---

[1]　原文到此之前全是應酬性的敘述，與論文宏旨無關，不論是中文或英文，加上此段都使論文鬆散，為求紮實，可盡略去。

[2]　「迷思」的意義不明，其英譯亦足商榷，若是 misconception（誤解），則高品質即高成本僅是一種觀念，如何可稱為「迷思」？

[3]　論文應使用絕對指標，「國外」屬相對性指標，且過於籠統，可以是世界上任何一國，難以認定到底是何所指。

[4]　類似「不遑多讓」等個人評論，不宜出於學術論文之中。

[5]　圖、表或公式之序號應使用阿拉伯數字。

即列示國內外產學界歷年來針對品質成本實施程度調查之結果。	
2. 文獻回顧 2.1 品質成本報導制 [7] 之理論探討 　　本節主要將說明品質成本制的內涵與本問卷研究架構的產生背景。 2.1.1. 品質成本之定義 　　吾大 [8] 若以消費者與生產者兩個不同的層面來看品質成本的定義，大致可區分出 Juran 的消費者觀點，以及 Morse 等人所提出生產者觀點的兩種看法 [9]，除此之外，Ortreng 另提出運用附加價值的觀念，可將品質成本視為企業分配資源工具的主張，因之，除預防成本屬於有附加價值的成本外，其餘評鑑、內部失敗，及外部失敗成本，都是無附加價值的成本 [Ortreng, 1991][10]。	2. 文獻回顧 2.1 COQ 之理論探討 　　本節主要將說明 COQ 的內涵與本問卷研究架構的產生背景。 2.1.1. 品質成本之定義 　　一般對於品質成本的看法，大致可區分出 Juran 的消費者觀點，以及 Morse 等人的生產者觀點兩種。另外，Ortreng 提出了「運用附加價值的觀念，可將品質成本視為企業分配資源工具」的主張，因之，除「預防成本」屬於有附加價值的成本外，其餘「評鑑」、「內部失敗」，及「外部失敗」等成本，都是無附加價值的成本 [Ortreng, 1991]。

[6]　中文論文中第一次使用英文名詞縮寫時，務須寫出原文全稱，在原文全稱之後才標出縮寫，如：「……品質成本制度（Cost of Quality, COQ）」，或「……品質成本制度（COQ, Cost of Quality）」。而非像直接在中文譯名後標出縮寫，如「……品質成本制度（COQ）」。

[7]　專有名詞的使用宜一致，以免讀者誤會「品質成本報導制」與「品質成本制」代表了不同的東西。

[8]　「吾人」這個怪異的代名詞早就沒有存在的價值，將「吾人」從任何帶有「吾人」的句子中刪除，都不致影響文意。

[9]　應標出 Juran 以及 Morse 等人觀點的出處。

[10]　除了列舉時編碼所用的標點符號可用半形外，其他任何與中文相鄰之標點符號（包括各類括號）應使用全形，全文同。

2.1.2 品質成本的功能 　　由於品質成本的功能為本研究欲驗證的主要命題之一，故在廣泛蒐集眾學者對品質成本功能的說法後，彙整而得學者認知暨品質成本功能交叉比較表 (如表二所示)。本研究所歸納之多位學者認定品質成本應具有的功能，共可分為兩大構面、四項分類，本研究的目的之一，即為驗證企業導入品質成本後，是否真能顯著提升這些指標。	2.1.2 品質成本的功能 　　由於本研究欲驗證品質成本的功能，故彙整各家的認知，製成品質成本功能交叉比較表（表 2），其中歸納的品質成本應具有的功能共可分為兩大構面、四項分類，本研究驗證企業導入 COQ 後是否真能顯著提升這些指標。
2.2 國內品質成本問卷研究結果彙整 　　問卷調查法為實證研究的一種，由於具有普遍性與一般性的特點，往往用來檢定研究對象所報導之品質成本金額之間的關聯性 [Chauvel and Andre, 1985], [Plunkett and Dale, 1988], [Krishnamoothi1,1989], [Ponemon, etc., 1994], [Ittner, 1996]，並探討這些不同的品質成本項目間是否存有相互抵換的關係，不過在這方面的實證分析尚未有一致的結果。 　　由於本研究目的在整合現有問卷調查結果，彌補現有研究結果的不足，故本研究擬進一步詳細說明現有問卷研究之調查結果，彙整如表三所示，以作為本研究架構形成背景之說明。	2.2 品質成本問卷研究結果彙整 　　問卷調查法為實證研究的一種，由於它具有普遍性與一般性，故常用來檢定研究對象所報導之品質成本金額之間的關聯性［Chauvel and Andre, 1985］,［Plunkett and Dale, 1988］,［Krishnamoothi1,1989］,［Ponemon, etc., 1994］,［Ittner, 1996］，並用來探討這些不同的品質成本項目間是否存有相互抵換的關係，不過在這方面的實證分析尚未有一致的結果。 　　由於本研究旨在整合問卷調查結果，彌補現有研究的不足，故彙整現有問卷研究之結果（表 3），以作為研究架構形成背景之說明。

3. 研究設計與研究方法

　　本節將就本研究施測工具、研究架構、問卷變數設計與抽樣方法等相關內容依序說明如下：

3.1 施測工具

　　為配合本研究期望獲得具普遍性、一般性之影響企業實施品質成本制之主要因素，與企業實施品質成本制後所能獲得之效益的實證結果，決定採用問卷作為本研究之驗證工具。

3.2 研究架構

　　為達成本研究建構企業「品質成本系統參考指標」之目的，故設計本研究架構如圖一所示。

3.3 問卷變數設計

3.3.1 企業經營體質調查

　　設計此變項之目的，主要用以探討「何種企業」較易／適合導入品質成本制。而此變項之內涵，則源自於彙整 (1) 國內、外文獻資料之所得，及分析 (2) 國內相關實證研究結果而得（見表四），茲分述本研究操作化構面如下文所示：

3.3.1.1 資訊化程度之差異

　　此變項設計理念主要來自於國外學者 [11][Sullivan, E., 1983], [Tsiakals,

---

3. 研究設計與研究方法

　　本節依序說明施測工具、研究架構、問卷變數設計與抽樣方法等。

3.1 施測工具

　　本研究採用問卷作為驗證工具，期望獲得影響企業實施 COQ 之普遍及一般性因素，並取得企業實施 COQ 後所能獲得效益的實證結果。

3.2 研究架構

　　為達成建構企業「品質成本系統參考指標」之目的，本研究設計了圖一所示的研究架構。

3.3 問卷變數設計

3.3.1 企業經營體質調查

　　設計企業經營體質變項之目的在於探討何種企業較易或較適合導入 COQ。此變項之內涵源自於彙整 (1) 文獻資料及分析 (2) 相關實證研究結果（表 4），茲分述本研究之操作構面於下：

3.3.1.1 資訊化程度之差異

　　資訊化程度變項之設計理念來自於 Sullivan [1983] 及 Tsiakals [1983]。

11　此處「國外」一詞過於籠統，若要顯得負責而舉證其國籍，又要費事，況學術無

J.J., 1983]，提及利用電腦資訊系統，除可簡化現行會計系統流程，尚可用於協助品質成本系統之構築與導入，因此將其視為影響企業是否容易導入品質成本制的重要因子。

此操作變項之設計，主要參考國內學者 12 劉〇〇所提資訊系統五大發展階段 13 予以設計：(1) 啓始運作階段；(2) 系統規劃階段；(3) 系統整合階段；(4) 網路連結階段；(5) 經營革新階段 [劉〇〇 1996]。

利用電腦資訊系統除可簡化現行會計系統流程之外，尚可用於協助品質成本系統之構築與導入，因此資訊系統是企業是否容易導入 COQ 的重要因子。

此操作變項主要參考資訊系統五大發展階段予以設計：(1) 啓始運作階段；(2) 系統規劃階段；(3) 系統整合階段；(4) 網路連結階段；(5) 經營革新階段。

3.3.1.2 成本會計執行系統之種類

　　此變項設計理念則主要來自 Plunkett and Dale 1988 針對歐、美地區所做之論文回顧，其中特別強調「品質成本制度」實施順利與否，端視於品管部門如何與會計部門合作，針對公司既有會計系統進行適當之調整，以簡化品質成本資料之取得程序 [Plunkett and Dale, 1988]。

　　至於此變項之操作化設計，則主要參考蔡文賢與江胤源針對管理會計

3.3.1.2 成本會計執行系統之種類

　　「成本會計執行系統」變項設計理念來自 Plunkett and Dale [1988] 針對歐美地區所作之論文回顧，其中強調，COQ 實施順利與否，視品管部門如何與會計部門合作，及如何調整公司既有會計系統以簡化 COQ 資料之取得程序。

　　蔡〇〇與江〇〇 [1997] 依管理會計系統之彈性程度做了歸類，此變項之操作化設計，就是參考該歸類和

　　　國界，不用強調國內外。此外，若將論文翻成英文，「國外」就失去了意義。故在本文中出現的「國內外」等詞均應予刪除，或以地區及國名取代。

12　舉出參考資料作者時無須稱謂，也無必要冠上敬稱，應一律以姓（西文）或連姓帶名（中文）稱呼。

13　資訊系統五大發展階段為早已存在之理論與實務，並非始自 1996 年該學者之論文，宜自該輪文中追溯其本源。

系統之彈性程度所做之歸類，並參考相關成本會計文獻，將成本與管理會計系統分為 [蔡○○與江○○ 1997]：

1. 傳統成本法：包括分步、分批及標準等成本法。
2. 改良式成本計算法：含括歸納、逆溯及變動等成本計算法。
3. 革新型成本計算法：計有作業基礎成本制、目標成本法、生命週期法。

相關成本會計的文獻而將成本與管理會計系統分為：

1. 傳統成本法：包括分步、分批及標準等成本法。
2. 改良式成本計算法：含括歸納、逆溯及變動等成本計算法。
3. 革新型成本計算法：計有作業基礎成本制、目標成本法、生命週期法。

3.3.1.3 品管意識成熟度 /TQM 執行水準

此變項之設計，則因獲國內陳○○與邱○○三位學者的實證研究證實，品質成本與 TQM 的實施的確存在顯著的正相關，故將之置入自變項當中 [陳○○ 1993], [邱○○ 1999]。

因本研究尚欲區分出何種品管執行程度，方達須導入『品質成本』之需求，故又將之區分為以下兩個構面：

(1) 品質內在重視度：包含品質主管位階、品質意識成熟度與 TQM 執行程度。
(2) 品質外顯成熟度：指標包括是否通過 ISO 認證、其他系統、產品認證，以及是否獲頒品質相關獎項等。

3.3.1.3 品管意識成熟度 / 全面品管執行水準

根據陳○○ [1993] 與邱○○ [1999]，品質成本與全面品管（Total Quality Management, TQM）的實施有顯著的正相關，故本研究將 TQM 置入自變項當中。

因本研究尚欲區分出何種品管執行程度方達須導入 COQ 之需求，故又將品質區分為以下兩個構面：

(1) 品質內在重視度：包含品質主管位階、品質意識成熟度與 TQM 執行程度。
(2) 品質外顯成熟度：指標包括是否通過 ISO 認證、其他系統、產品認證，以及是否獲授品質相關獎項等。

3.3.2 企業品質成本實施現況	3.3.2 企業品質成本實施現況
此變項之衡量方式，主要利用 ASQC[14] 協會所頒佈之品質成本分類辦法，在列示出所有的成本項目後，並利用流程型品質成本模式預先予以歸類，再請填答者依該公司實際執行狀況，利用李氏五點量表予以填答之。	本研究利用 ASQC（American Society of Quality Control）所發佈之品質成本分類辦法，列出所有的成本項目，用流程型品質成本模式歸類，再提供李氏五點量表 [15]（Likert Scale），請填答者依該公司實際執行狀況填答。
3.4 抽樣方法	3.4 抽樣方法
針對商業週刊所載之「1999 臺灣地區 1000[16] 大製造業」之前 500 大廠商，進行全面性 [17] 的問卷普查，共發出 500 份問卷，並預定區分為以下六大產業： (1) 積體電路產業 (2) 電腦週邊產業	本研究針對《商業週刊》所載之「1999 臺灣地區 1,000 大製造業」之前 500 大廠商，進行問卷普查，共發出 500 份問卷，並預定區分為以下六大產業： (1) 積體電路產業 (2) 電腦週邊產業

---

[14]　即使是專業人士，對自己專業中使用的專用縮寫也不見得能夠完全清楚，因此，在論文中使用任何縮寫時，應該在題目、摘要或關鍵詞中至少出現一次全稱。作者雖可以自己擴充縮寫詞，但也必須在該縮寫詞第一次出現時用括弧將全稱括在裡面。若縮寫字實在很多，最好建立一個縮寫字參照表（nomenclature）以供閱讀時參考。

[15]　李克特氏量表適用於態度測量和意見判定，廣泛應用在社會與行為研究中，此量表預設相同的量度級距，以五點量表來說，每個問卷題目的答項從「極同意」到「極不同意」分為五個選項，依序給予 5 分到 1 分，不同的題目可以加總，得到一個量表的總分。

[16]　除了西元紀年以及門牌號碼之外的四位以上阿拉伯數字，均應使用三位撇節號，以利判讀。例如：像 1257893 這樣的數字，不加撇節時判讀起來較費周章，加了三位撇節號以後（1,257,893）就方便多了，一看就知道是百萬級的數字。

[17]　此處之「全面性」頗為可疑，應為「抽樣」。

⑶ 電子、電機產業 ⑷ 塑膠、石化產業 ⑸ 鋼鐵、機械產業 ⑹ 汽、機車產業	⑶ 電子、電機產業 ⑷ 塑膠、石化產業 ⑸ 鋼鐵、機械產業 ⑹ 汽、機車產業
3.5 資料分析方法 　　本研究計畫使用 SPSS（Statistical Package for Social Science）統計軟體與 Excel 進行分析。並以敘述性統計之方式將所蒐集到樣本廠商基本資料做整理、分析。	3.5 資料分析方法 　　本研究使用 SPSS（Statistical Package for Social Science）統計軟體與 Excel 進行分析，並以敘述性統計之方式整理及分析所蒐集到樣本廠商基本資料。
4. 研究結果 　　~~相較國外產學界多年來在實際執行品質成本制度所累積的豐富經驗，國內產學界在此領域的成就亦不遑多讓，成果並多已提供國內企業於導入品質成本制時之參考，並於其後~~[18] 依序說明本調查所得現今企業在品質成本制度上的實施情形，內容包括： 1. 品質成本制度之推行現況； 2. 品質成本資料之蒐集與彙整模式； 3. 品質成本管理體系之執行現狀。	4. 研究結果 　　本節根據調查所得說明受訪企業在 COQ 上的實施情形，內容包括： 1. COQ 之推行現況； 2. 品質成本資料之蒐集與彙整模式； 3. 品質成本管理體系之執行現狀。
4.1 品質成本制度之推行現況 　　本次調查主要針對臺灣五百大企業在品質成本制度上的實施情形，其中將依序介紹：受訪廠商品質成本的	4.1 COQ 之推行現況 　　本研究針對臺灣五百大企業的 COQ 實施情形，依序分析受訪廠商之下列項目：

---

[18] 本段已在前文出現過，若欲重複，應以不同之寫法出之，不宜用寫作新聞稿充篇幅的方式原文照錄。

實施現況、品質成本制度實施目的、企業未能推行品質成本的原因、品質成本制度的推行模式、品質成本體系的主導單位、品質成本年度目標值的決定依據，以及企業推廣品質成本時對教育訓練所做的投資等項目[19]。	1. 品質成本的實施現況、 2. COQ 實施目的、 3. 未能推行品質成本的原因、 4. COQ 的推行模式、 5. COQ 體系的主導單位、 6. COQ 年度目標值的決定依據，以及企業推廣品質成本時對教育訓練所做的投資。
(一) 汽、機車產業較為傾向實施品質成本制 　　表五中列示依產業別所做之品質成本實施現況之彙整結果，在所有產業回收樣本中，若以產業別來做區分，可發現汽、機車產業的廠商表現較佳，其次則為電機、電器產業以及食品、飼料生化產業，其實施率的表現亦高於一般水準，而傳統產業中的鋼鐵、水泥與機械產業之 COQ 實施率則最低。	(一) 汽機車產業較為傾向實施 COQ 　　表 5 彙整了依產業別所做之 COQ 實施現況，顯示汽機車產業的廠商表現較佳，其次則為電機、電器產業以及食品、飼料生化產業，而傳統產業中的鋼鐵、水泥與機械產業之 COQ 實施率則最低。
(二) 內部需求為企業實施 COQ 的主要動力 　　一般企業導入品質成本制的目的，不外乎為因應內部高層主管之要	(二) 內部需求為企業實施 COQ 的主要動力 　　一般企業導入 COQ 的目的，不外乎「為因應內部高層主管之要求」、「品

---

[19]　內容可以分成數點來陳述時，使用「列舉」的表達方式會比較清楚。如果所陳述的每一點都自成段落，則各點可以用段落方式分列，並在每一段落前使用數字或符號標示。因為論文本身有固定的難度，寫作者不妨以「文字表情」（例如較佳的版面排列，使用黑體、斜體、加底線等方式）來增加其易讀性。又，對英文較無把握者在寫作英文論文或英譯論文時，使用列舉的表達方式可以省去不少文字轉折之間的修辭困擾，值得多多考慮使用。

求、品質改善之需要、績效評估與區別成本間之等級與特性等需求，表六即列示受訪企業實際填選品質成本推行目的之彙整結果，以「對有效管理品質水準之自我要求」與「尋求製程的改善機會」占最高的填答比例，至於公司外部主管機關或單位之要求與為區別成本間之等級及特性此兩點原因，則僅有少數[20]廠商填選。此即表示品質成本在臺灣廠商的認知當中，多為解決實際品質問題而導入，而非受外部主管機關或單位之要求，而宣稱自己有實施，此點所蘊含的深意在於：品質成本制在臺灣廠商確實有其實用價值，方能吸引廠商主動使用，未來若能克服不易導入的障礙，相信此制度將更能為一般廠商所接受。	質改善之需要」、「績效評估」與「區別成本間之等級與特性」等需求，表6彙整了受訪企業實際填選品質成本推行之目的，以「對有效管理品質水準之自我要求」與「尋求製程的改善機會」占最高比例，「公司外部主管機關或單位之要求」與「為區別成本間之等級及特性」者則為最低，表示臺灣廠商多為解決實際品質問題而導入COQ，而非受外部主管機關或單位之要求，由此推測，COQ對臺灣廠商確有實用價值，因此方能吸引廠商主動使用，若能進一步克服不易導入的障礙，此制度必更能為一般廠商所接受。
(三)「缺乏一套有系統的導入模式」為實施 COQ 的主要障礙 　　本調查針對尚未實施 COQ 之企業，調查影響其未能實施此制度所可能遭遇之阻礙（如表七所示），可發現「缺乏對此工具的了解（占35.71%）」、「資料蒐集不易（占33.33%）」、「界定品質成本不易（占30.95%）」、「缺乏有力的單位來推行	(三)「缺乏系統化的導入模式」為實施 COQ 的主要障礙 　　本研究調查尚未實施 COQ 之企業（表 7），檢視可能阻礙其實施ＣＯＱ制度的原因，發現「缺乏對此工具的了解（占 35.71%）」、「資料蒐集不易（占 33.33%）」、「界定品質成本不易（占 30.95%）」、「缺乏有力的單位來推行此活動（占 30.95%）」以及「現

---

[20]　任何研究裡講求的都應該是確切的證據及數據，不應該有含糊的敘述，此處的「少數」及後文的「多數」均應該使用確切的數量代替。

此活動（占 30.95%）」以及「現有成本制度足以找出有效改善品質的方法（占 28.57%）」此五項原因，為影響品質成本制度實施的主要因素。

其中「缺乏對此工具的了解」、「資料蒐集不易」、「界定品質成本不易」以及「缺乏有力的單位來推行此活動」等四項理由，均可歸因於「缺乏一套有系統的導入模式」，導致企業評估導入此系統時，產生建置過程不易順利進行以及費用將甚為昂貴的判斷，再加上企業對於「現有成本制度與品質系統足以找出有效改善品質的方法」的過度自信，自然造成目前品質成本制度推行不彰的現況。

有成本制度足以找出有效改善品質的方法（占 28.57%）」五項主要因素，其中「缺乏對此工具的了解」、「資料蒐集不易」、「界定品質成本不易」以及「缺乏有力的單位來推行此活動」等四項，均可歸因於「缺乏系統化的導入模式」，使企業在評估是否導入此系統時，產生不易順利建置以及費用將甚為昂貴的判斷，再加上企業對於「現有成本制度與品質系統足以找出有效改善品質的方法」的過度自信，COQ 之推行因而不彰。

（四）多數企業目前仍傾向採取自行開發的方式導入品質成本制

有鑑於表八中彙整樣本廠商未能實施品質成本制的原因，以「缺乏一套有具體可行的導入模式」為目前所面臨到最嚴重的問題點，而在本調查中亦針對那些宣稱已實施品質成本制度的廠商，進行該制度導入模式之現況蒐集，問卷結果如表九所示，其中亦以「自行發展出的系統」為填答比例最高的項目（約占 77.78%），至於一般人認為較可行的導入模式「購買資訊公司所提供之套裝軟體」竟僅占全體已實施 COQ 廠商的 5.56%，再次

（四）近八成企業傾向採取自行開發的方式導入 COQ

表 8 中彙整樣本廠商未能實施 COQ 的原因，其中以「缺乏一套有具體可行的導入模式」為最嚴重的問題。本調查亦針對那些宣稱已實施 COQ 的廠商，進行 COQ 導入模式之現況蒐集，問卷結果如表 9 所示，其中以「自行發展出的系統」比例最高（約占 77.78%），一般認為較可行的導入模式——購買資訊公司所提供之套裝軟體——僅占全體已實施 COQ 廠商的 5.56%，突顯了「品質成本資訊系統」的開發值得產學界重視。

突顯「品質成本資訊系統」的開發，實乃當前產學界責無旁貸且已刻不容緩的任務 [21]。	
(五) 品質成本的推行多為品管部門所主導	(五) 品質成本的推行多為品管部門所主導
品質成本制的導入與實施就如同推行任何系統一般，在引進初期應先挑選一個單位或部門試行，待試行成熟後，方能再套用在全企業的組織與部門。根據過往學者的調查 [22]，咸認一般企業在引進階段大都由品管部門主導，由表十的彙總結果中，吾人不難 [23] 發現此理論再次獲得證實，共有 69.44% 的已實施品質成本制樣本廠商，交由品質部門主導整個品質成本制之運作；此外，亦有 19.44% 的廠商是由會計部門負責。然而美國會計學者 Atkinson 表示 [24]，品管部門與會計部門的合作仍為 COQ 的最佳推行模式，隨著品質成本制度運作的益趨成熟，會計部門即應逐步負起制度推行的重任，以確保此制度的運作效率，	COQ 的導入與實施就如同推行任何系統一般，在引進初期應先挑選一個單位或部門試行，待試行成熟後，方套用在全企業的組織與部門。表 10 的彙總結果表明，一般企業在引進 COQ 階段多由品管部門主導，共有 69.44% 的已實施 COQ 樣本廠商，是由品質部門主導整個 COQ 之運作；此外，有 19.44% 的廠商是由會計部門負責。然而 Atkinson 表示，品管部門與會計部門的合作仍為 COQ 的最佳推行模式，隨著 COQ 運作的益趨成熟，會計部門應逐步負起推行的責任，以確保此制度的運作效率，並將之融為公司整體成本管理系統的一部分。

---

[21]　「責無旁貸 …… 刻不容緩」云云，非論文用詞，用於新聞寫作則無可厚非，用於論文則過於「濫情」。

[22]　此處宜舉出原文出處。

[23]　「不難」是出於作者主觀。

[24]　此處宜舉出原文出處。有了出處就沒有必要加上「美國會計學者」云云，原文出處待填。

並融為公司整體成本管理系統中的一部分。	
(六) 品質成本年度目標值仍受企業高階主管所主控 　　品質成本年度目標值主要可作為品質成本管理計畫方針展開的達成目標之一，表十一顯示：國內目前因缺乏一套具公信力之品質成本年度金額標準，故在決策方式上，大都仍仰賴高階主管之主觀認定（占整體已實施COQ受訪企業之47.22%），或如其中的11家廠商一般（占整體已實施樣本之30.56%）雖並未設立明確的年度品質成本金額目標水準，但以類似SPC[25]管制圖的理念，套用於管理公司的品質成本上：只要品質成本推移圖表現落在合理能解釋的範圍內，就不採取改善的措施；至於較為客觀的參考同業水準，則可能因資料不易取得，導致僅有2[26]家廠商使用此法（占全體之5.56%）。	(六) 品質成本年度目標值仍受企業高階主管所主控 　　COQ年度目標值可作為COQ管理計畫達成目標之一，表11顯示，因缺乏具公信力之品質成本年度金額標準，故臺灣地區的企業在決策上，大都仍仰賴高階主管之主觀認定（占整體已實施COQ受訪企業之47.22%），或雖並未設立明確的年度品質成本金額目標水準，但以類似SPC（Statistical Process Control）管制圖的理念，套用於管理公司的品質成本上（占整體已實施樣本之30.56%），只要品質成本推移圖表現落在能合理解釋的範圍內，就不採取改善措施；至於較為客觀的「參考同業水準」，則可能因資料不易取得，而僅有兩家（5.56%）廠商使用此法。
(七) 企業在品質成本教育訓練的投資仍嫌不足 　　~~品管大師 Dr. Juran 曾道：「品質始於教育，終於教育」~~[27]，可見 [28] 品	(七) 企業在品質成本教育訓練的投資仍嫌不足 　　Juran 以「品質始於教育，終於教育」來說明品質的觀念實與教育、

25　又是一個英文縮寫驟然出現的例子。

26　個位數字應以國字表示。

27　宜標明出處。

質的觀念實與教育、訓練與實踐等息息相關,由表十二中可看出目前企業在品質成本制的投資仍然不足,僅有不到六成的廠商會定期實施品質成本教育訓練,且由於受矩陣式組織管理制度之影響,制度之推行多以專案方式進行,品質成本制教育訓練之參與對象,亦僅限於各部門參與專案之人員(占 30.56%);而教育訓練之實施方式,則並未有顯著之特定方法,不論是「派員至專業單位或公司受訓(占 25%)」、「由公司內部之品管專才自行訓練(占 19.44%)」以及「禮聘外界專家來公司演講授課(亦占 13.89%)」三者之間並未存有顯著差異 [29],但相信隨著網際網路之興起,將大幅影響企業對此制度的教育訓練方式與比重。

訓練與實踐等息息相關,由表 12 中可看出僅有不到六成的廠商會定期實施品質成本教育訓練,且由於受矩陣式組織管理制度之影響,制度之推行多以專案方式進行,參與 COQ 教育訓練之對象亦僅限於各部門參與專案之人員(占 30.56%);而教育訓練之實施方式,則「派員至專業單位或公司受訓(占 25%)」、「由公司內部之品管專才自行訓練(占 19.44%)」以及「禮聘外界專家來公司演講授課(占 13.89%)」,相信網際網路將大幅影響企業的 COQ 教育訓練方式與比重。

4.2 品質成本資料之蒐集與彙整模式

品質成本資料的蒐集與彙整模式,實乃決定企業導入品質成本制後,能否長久順利執行的關鍵所在,本調查即針對臺灣五百大企業中已成功實施品質成本制度之企業,依序介紹其

4.2 品質成本資料之蒐集與彙整模式

品質成本資料的蒐集與彙整模式,實乃決定企業導入 COQ 後能否長久順利執行的關鍵,本調查即針對臺灣五百大企業中已成功實施 COQ 之企業,依序介紹其在下述諸項之做法:

---

[28] 事實的真相不會由一個人的說法就足以證明,類似「由某人的說法得知 ⋯⋯」或「由某人的說法可見 ⋯⋯」這類的語法,應該盡量用「某人的說法旨在表示 ⋯⋯」、「某人的說法表達了 ⋯⋯」或「某人的說法意在指明 ⋯⋯」等方式取代。又,此段敘述應引出處。

[29] 25% 與 13.89% 間之差異超過 50%,焉可謂「未存有顯著差異」?

在品質成本資料蒐集與彙整之主導部門、資料歸類方法與資料彙整之運作模式等項目上之做法，期能提供有志導入 COQ 廠商之參考。	1. COQ 資料蒐集與彙整之主導部門， 2. 資料歸類方法，與 3. 資料彙整之運作模式 期能提供有志導入 COQ 之廠商參考。
㈠ 品管部門仍多主導 COQ 資料蒐集與彙整 　　會計相關資料的蒐集彙整，似乎 30 都應由會計部門主導，然而在品質成本資料上似乎不然（如表十三所示），大部分的廠商是由品管部門負責此制度的運作（占 52.78%），其次方為會計部門（占 30.56%），造成如此違背常理的背後主因，不外乎是由於品質成本制度的運作，往往需要一專責單位來主導，然而在傳統會計制度中，並未含括此一領域，近來 31 方有若干成本與管理會計學者 32，主張將品質成本等相關作業資訊成本，納入整體管理會計系統中，身處這種情勢下，會計部門在參與品質成本導入計畫的過程中，應即應逐步主動擔負起品質成本實施與執行的重任，以確保品質成本資訊的正確性與效率。	㈠ 品管部門仍多主導 COQ 資料蒐集與彙整 　　會計相關資料的蒐集彙整，理應由會計部門主導，然而在品質成本資料上（表 13），接近五成三的企業是由品管部門負責此制度的運作，其次方為會計部門（占 30.56%），主因在於傳統會計制度並未含括 COQ 領域，已有成本與管理會計學者，主張將 COQ 相關作業資訊成本納入整體管理會計系統中，會計部門在 COQ 導入的過程中，應逐步主動擔負起 COQ 實施與執行的重任，以確保 COQ 資訊的正確性與效率。

30　此處的「似乎」與後文的「似乎不然」都屬模糊語，應提供證據支持或予刪去。

31　像「最近」、「晚近」、「近年來」等都太過鬆散，這個「近來」只是順手拈來的泛泛之談，沒有說明到底是多久以來，也沒有引用參考文獻來支持此說，是不負責任的寫法，不宜用在論文之中。

32　應提供出處。

㈡ 傳統品質成本四項分類法仍為廠商彙整 COQ 資料時之主要模式

　　品質成本彙整模式 (如表十四所示)，主要會影響品質成本資料之呈現方式，若以傳統成本分類法進行資料彙整，報表將會以四個分類成本項目 (預防、鑑定、內部失敗與外部失敗成本) 作為主要成本彙集與歸類依據（91.67%），此法無疑 [33] 亦為現今較普遍的做法；若以會計科目分類法區分之，則報表將以一般作業項目為主，當需要分析整體品質成本資訊時，才會再由會計資訊系統中抓出彙整項目加總；品質損失法則在強調利用製成品質資訊，建構外部失敗成本估算模式；流程品質法，則主要藉由公司整體品質作業流程的架構，在每一處的品質相關成本發生點，將品質成本予以區分為「符合成本」與「不符合成本」兩大類，最後再予以加總與彙整的成本會計制度，目前較少為被廠商使用的制度（僅占全體之 2.78%）。

㈢ 多數廠商仍維持有需要方從會計資訊系統中擷取 COQ 資料之作法

　　在品質成本實施模式的最後一個調查項目，則針對已實施品質成本樣

㈡ 傳統品質成本四項分類法仍為廠商彙整 COQ 資料時之主要模式

　　品質成本彙整模式（表 14）會影響 COQ 資料之呈現方式。

　　若以傳統成本分類法彙整資料，報表將會以四個分類成本項目（預防、鑑定、內部失敗與外部失敗成本）為主要成本彙集與歸類依據（91.67%），此分類法亦為現今較普遍的做法。

　　若以會計科目分類法區分，則報表將以一般作業項目為主，當需要分析整體 COQ 資訊時，才會再由會計資訊系統中抓出彙整項目加總。

　　品質損失法則在強調利用製成品質資訊，建構外部失敗成本估算模式。

　　流程品質法是藉由公司整體品質作業流程的架構，在每一處的品質相關成本發生點，將品質成本予以區分為符合成本與不符合成本兩大類，最後再予以加總與彙整的成本會計制度，目前較少為被廠商使用的制度（僅占全體之 2.78%）。

㈢ 近三成企業在需要時方從會計資訊系統中擷取 COQ 資料

　　在 COQ 實施模式的最後一個調查項目針對已實施 COQ 廠商之資料彙

---

[33] 多餘的形容詞。

本廠商之資料彙整模式做一調查，問卷結果顯示（如表十五所示），大部分 [34] 廠商由於缺乏整體的管理資訊系統與架構，仍僅能藉由會計資訊系統擷取相關資料（占 27.78%），而「傳統人工報表作業」與「利用辦公室自動化套裝軟體輔助資料彙整」，則同時位居第二高位的填答項目（均占 22.22%），表示品質成本資訊系統化的步調可能必須 [35] 加快，方能跟上現今資訊化與自動化的腳步。

整模式做一調查，問卷結果（表 15）顯示，27.78% 廠商由於缺乏整體的管理資訊系統與架構，仍僅能藉由會計資訊系統擷取相關資料，而「傳統人工報表作業」與「利用辦公室自動化套裝軟體輔助資料彙整」，則同時位居第二位（均占 22.22%），表 COQ 資訊系統化的步調宜加快，以跟上資訊化與自動化的腳步。

4.3 品質成本管理體系之執行現狀

品質成本管理體系的好壞，實乃決定品質成本資訊在企業中扮演何種角色的關鍵因子，唯有具備良好的品質成本管理體系之企業，方能善用品質成本資訊 [36]，有效改善企業品質文化、降低不當浪費，以達企業競爭能力的顯著提升。因此，本調查亦針對已實施品質成本，依序調查其在舉行品質成本跨部門檢討會之間隔期間、品質成本金額比例以及導入 COQ 之關鍵成功要素等項目上的實際做法、表現與觀念，以作為企業導入品質成

4.3 品質成本管理體系之執行現狀

COQ 管理體系的好壞決定 COQ 資訊在企業中的角色，具備良好的 COQ 管理體系之企業能善用 COQ 資訊，有效改善企業品質文化、降低不當浪費，以顯著提升企業競爭能力。因此，本調查亦針對已實施 COQ 之企業，依序調查其

1. 品質成本跨部門檢討會之間隔期間、
2. 品質成本金額比例，以及
3. 導入 COQ 之關鍵成功要素等項目上的實際做法、表現與觀念

34　27.78% 是否構成「大部分」或「多數」實在很有疑問，既然已經有了數據，還是回歸數值表示的方式較無爭議。

35　「可能必須」到底是「必須」與否？請代以明確說法。

36　「唯有……方能……」的句型太過武斷，與「由……可知……」同病。

本後，如何提升品質成本資訊效益時之參考。	以作為企業導入 COQ 後提升 COQ 資訊效益之參考。
㈠ 多數 [37] 企業舉行 COQ 跨部門檢討會之間隔週期為「一週」 在回收問卷的企業訪查樣本中，有 10 家（占 27.78%）表示尚未建構定期舉行跨部門會議的機制 (如表十六所示)，而有 18 家廠商（占全體之 50%）表示已建立「每週舉行」的機制，而根據文獻報告 [38] 指出，品質成本跨部門研討會，應在初期引進與推行品質成本制度的前幾年，方須一個月甚至一週即召開一次檢討會，以達落實品質成本制度之目的，然而隨著制度的逐步落實與學習效果的反應下，檢討會舉行頻率便無須如此密集，而可改為一季或半年召開一次檢討會即已足夠。	㈠ 半數企業舉行 COQ 跨部門檢討會之週期為「一週」 在回收問卷的企業訪查樣本中（表 16），有 10 家（占 27.78%）表示尚未建構定期舉行跨部門會議的機制，而有 18 家（占全體之 50%）表示已建立「每週舉行」的機制。其實，在引進與推行 COQ 的前幾年，品質成本跨部門研討會須每月甚至每週召開檢討會，以落實 COQ，隨著制度的逐步落實或學習效果的增進，檢討會便無須如此密集，只要每季或每半年召開即可。
㈡ 臺灣已實施 COQ 的企業在品質成本的維持上足以媲美 [39] 歐美廠商的表現 由於本研究進行品質成本實施現況分析的最主要目的，即是得到一「臺灣地區」品質成本分析指標之參考資	㈡ 臺灣已實施 COQ 的企業在品質成本的維持上近於歐美廠商 本研究旨在得到一「臺灣地區」品質成本分析指標之參考資料，並提出與美國既有之報告數據做一比較，以分析目前臺灣廠商在 COQ 上的表

[37] 到底多少可算是「多數」？

[38] 應提供出處。

[39] 主觀性的形容詞，要有「美」的標準，「媲美」才有意義，歐美廠商的表現夠「美」嗎？

料（如表十七所示），並提出與美國既有之報告數據做一比較，以分析目前臺灣廠商在品質成本制度上的表現如何。

現。表 17 顯示，臺灣已實施 COQ 的企業在 COQ 的維持上略等於其歐美同儕。

㈢「高階主管之重視與支持」為成功推行 COQ 制的不二法門 [40]

　　由表十八中，可看出本研究所獲品質成本推行成功關鍵因素之分析結果，可發現「高階主管的支持（獲 171 之高分）[41]」，其次則為「各部門之配合（尤以製造部門與會計部門為主，占 163 分）」，至於眾廠商較不重視的部分，則為「具備與品質成本相關之專業知識」，表示樣本廠商之填答者多半皆已接受過「品質成本相關教育訓練」，而使樣本廠商認為專業知識避不重視的結果。

㈢「高階主管之重視與支持」為成功推行 COQ 制的重要因素

　　表 18 中列出了本研究所獲 COQ 推行成功關鍵因素之分析結果，其中以「高階主管的支持」居首，其次則為「各部門之配合（尤以製造部門與會計部門為主）」，至於眾廠商較不重視的部分，則為「具備與品質成本相關之專業知識」，表示樣本廠商之填答者多半皆已接受過「品質成本相關教育訓練」，而形成較不重視專業知識的結果。

5. 結論

　　回顧本次調查結果，實不難 [42] 發現目前臺灣企業對於品質成本制，不論是在重視度或實施程度上，均未臻

5. 結論

　　本研究發現，臺灣企業在 COQ 的重視度或實施程度上，均未臻歐美企業之境，主要原因有兩點：

---

[40]　「不二法門」肯定是言過其實，難道別的方法都無效或沒有必要嗎？

[41]　論文中沒有交代這些分數如何計算而來，研究者應該提供其計算公式或是計量標準，以資徵信。

[42]　刪除不必要的形容詞或副詞可以增加論文的力道和清晰度，除非選用的形容詞或副詞可以增加某些事的重要性，否則不要使用。本節的「不難」、「不外」、「所幸」、「大幅」、「無疑」、「當然」均屬多餘。有些是模糊的形容詞，有些出於作者主觀。尤其「無疑」一詞太過武斷，與前所指出的「由 …… 可知」犯了相似的錯誤。

歐美企業之境，審視其因不外兩點：首先，由於目前仍缺乏一套完善的品質成本導入與實施制度，方造成品質成本觀念在推廣與散播上的不便；其次，外部誘因的缺乏（諸如類似 ISO-9000 系統認證制度的建構，或是政府主管單位的鼓勵推行等），亦為品質成本制度推廣不足的主因之一，以致多年來臺灣企業始終未能對品質成本這項管理工具，能有更進一步的認識。所幸 ISO-9000 系統認證 2000 年版，已將品質經濟原則（品質成本制的一項應用）列入其指導綱要當中，雖尚未列為正式條文，但已大幅提升其能見度，此點無疑將有助於品質成本制度在臺灣的推廣，當然 COQ 的成功案例亦會穩定增加，未來品質成本制度的道路亦終將寬廣。

(1) 缺乏完善的品質成本導入與實施制度，故在品質成本觀念的推廣與散播上比較不便；

(2) 缺乏類似 ISO-9000 系統認證制度或是政府主管單位的鼓勵推行等誘因，以致臺灣企業始終未更進一步認識品質成本這項管理工具。

　　ISO-9000 系統認證 2000 年版已將品質經濟原則（COQ 的一項應用）列入其指導綱要當中，COQ 雖尚未列入其正式條文，但能見度已有提升，此點將有助於 COQ 在臺灣的推廣，讓 COQ 的成功案例穩定增加。

　　原文經建議修訂，刪去了不必要的文字，篇幅少了近 25%，變得更精簡、邏輯而容易閱讀。若有意把稿件英譯投向國際期刊，先把無益於全文的多餘說明、舞文弄墨的文字等刪除，再讓文字更白話易懂，這樣英譯起來也會容易得多。

第九章
量化資料的質性描述

　　研究寫作不應以學術著作之名來掩蓋其敘述方式僵硬而內容沉悶之實，本章引用一個平易的範例，來說明論文寫作的方式可以不用僵硬。

　　所用的範例原文是選自一本大眾讀物[1]，作者透過「兩性教育」的課，在學生們的協助下，做過遠超過千人的問卷調查[2]，加上近百小時的課程與演講，數百人次的筆訪與對談，深入探索現代青年男女的愛情心路，對於調查所得來的意見和看法，作者並未「自以為是」地加以「批判」，而是盡量客觀地陳述。

　　由於原文是通俗讀物，故其寫作風格並不完全符合學術研究寫作的要求[3]，作者在刪去了比較通俗的部分，把順應市場導向的寫作方式改成了論文類敘述之後，讓讀者體會一下寫立足點不同時所寫出作品的不同面向。

1　葉乃嘉，《愛情這東西你怎麼說》，臺北：新視野出版公司，2005/3。

2　總共發出了一千四百份問卷，針對戀愛生活最活躍的年齡層（十八至三十五歲）的男女性做調查，問卷的題目有四十五個，都是很多年輕人很感興趣的話題。所得的結果，對兩性關係的授課與學生們的學習都有相當的幫助。

3　還好是這樣，因為學術研究報告的市場需求實在有限得很。

| 目前或曾經渴望愛情的男性有 68.62%，女性有 69.31% ||
原文	建議修訂
當然，男女兩性都會渴望愛情，我們的統計數字顯示，目前或曾經渴望愛情的男女性都接近七成，兩者接近得令人想相信男女對愛情的渴望是相同的。本題因為問的是「目前或曾經」，所以答「是」的百分比顯得高了些，如果要比較「曾經」渴望愛情者「目前」是否已經如願，以及「渴望愛情者」的百分比會因時間而有什麼樣的改變，那命題的方式可就要複雜得多了。 　　人為什麼會渴望愛情？一般不出兩種可能性： ・目前沒有愛情的滋潤，因而渴望。 ・對目前的愛情不太滿意，所以渴望。 　　渴望愛情是一個好的開始，有渴望才會有動力，事實上，感情世界之所以會多采多姿，就是肇因於兩性的互相渴望。但是如果你只停留在渴望的階段，那你就只有繼續渴望的份。（292 字）	人之所以會渴望愛情，有兩種可能性： ・目前沒有愛情的滋潤，因而渴望。 ・對目前的愛情不太滿意，所以渴望。 　　本研究的統計顯示，目前或曾經渴望愛情的男女性都接近七成，本題因為問的是「目前或曾經」，所以答「是」的百分比顯得高了些，如果要比較「曾經」渴望愛情者「目前」是否已經如願，以及「渴望愛情者」的百分比會因時間而有什麼樣的改變，就須採取較複雜的命題方式。（171 字）
曾有過單戀的經驗的男性占 78.69%，女性占 79.04%	
原文	建議修訂
曾經有單戀經驗的女性有 79% 強，男性則略少於 79%，足見單戀這東西很流行，兩性的比例都接近八成，	

相差不到半個百分點，實在是出奇地接近。接受問卷調查者絕大多數在二十歲上下，由此可以推測，國中乃至高中乃是暗戀心情的集中期，當然也有早達小學時期的單戀，高中以後自然也免不了。訪談的記錄也顯示暗戀的對象大都是班上或同校的異性同學，有時也可能是老師。

單戀與相戀有很多不同，但只要能讓你有發自內心的快樂，兩種都不妨嘗試，並且值得好好享受。

一般的單戀約略可分成兩種：

你喜歡對方，也已經或明示或暗示地讓對方知道，但是對方卻沒有明顯地喜歡你，或是對方已經有對象，無法接受你。這種單戀姑且叫它做單相思。

你只是偷偷地喜歡，沒有讓對方知道，原因是「不敢」或者是「不願」。這種單戀又稱做暗戀。

單相思不免比較哀愁或傷感，主要原因是愛人家卻得不到人家的愛做回饋，下面兩個都是男性的例子。

是啊，單戀就是那種一廂情願的「捨不得、放不下」的感覺。

除非你喜歡暗戀的滋味，不然，因為不敢追求喜歡的對象而止於暗戀並不值得，我們一輩子有這種情愫的情況也許只有一次，如果沒有表達、

有單戀經驗的女性有 79% 強，男性則略少於 79%，兩性的比例都接近八成，相差不到半個百分點。接受問卷調查者中有 95% 在十八至二十二歲之間，依訪談記錄看來，國中乃至高中乃是暗戀心情的集中期，也有高中以後和早達小學時期的單戀。訪談的記錄顯示，暗戀的對象大都是班上或同校的異性同學，有時也可能是老師。

單戀與相戀有所不同，一般的單戀約略可分成兩種：(1) 喜歡對方，也已經或明示或暗示地讓對方知道，但是對方卻沒有明顯的表示，或是對方因為已經有對象而無法接受。這種單戀姑且叫它做單相思。(2) 只是偷偷喜歡對方而沒有讓對方知道，原因是「不敢」或者是「不願」。這種單戀又稱做暗戀。

單相思不免比較哀愁或傷感，主要原因是愛人家卻得不到人家的愛做回饋。（317 字）

| 爭取，或者去抓住，它並不會等你。所以，與其花許多時間輾轉思慮、猜測對方的心意，不如凝聚起行動力，即使到最後還是沒有「結果」，但是就在行動的瞬間，你就已經知道你不會因為沒做而遺憾。（562字） | |

在愛情上不會採取主動的男性 42.79%
在愛情上會採取主動的女性 31.14%

原文	建議修訂
在以往比較保守時代，一般的共識是，男生在愛情上應該主動，社會上把男追女當作常態，而令人驚訝的是，我們的統計竟然顯示，西元 2000 年代的年輕男性不會採取主動的竟然接近 43%。比較之下，會採取主動的女性超過 31%，這個比例也出乎保守人士的意料之高。 　　承認吧，社會真的是不一樣了。 　　這 43% 的男性不是沒有勇氣就是勇氣十足，「沒有勇氣」的人容易坐失良機，只好常常哀怨，「勇氣十足」的人知道女生極為主動，他們大可坐享其成。當然這只是個戲謔式的說法，真正的心理內幕要比這複雜得多，「不敢」的總要比「不願」的多得多。 　　一些男女性在同性圈子裡面談到異性的時候，會比較大膽，甚至露骨，可是一旦面對異性，尤其是自己比較	一些男女性在同性圈子裡面談到異性的時候，會比較大膽，甚至露骨，可是一旦面對異性，尤其是自己比較有好感的異性，社會禁忌就起了作用，奇奇怪怪的心理因素也出來作梗，因而情況就不那麼自然了。女性有這樣的反應，還算是符合社會的習慣，而男性社會的文化期望男性要比女性多一些作為，男性如果畏縮，好像不那麼受到同情。 　　比較保守的男性社會中有種共識，就是男生在愛情上應該主動，社會上把男追女當做常態，本研究的統計則顯示，2000 年代的年輕男性不會採取主動的接近 43%，比較之下，會採取主動的女性超過 31%，這個比例可能高出保守人士的意料。 　　有四成三的男性不會主動，可能是因為有高比例的女性願意主動，那

有好感的異性，社會禁忌就起了作用，奇奇怪怪的心理因素也出來作梗，因而情況就不那麼自然了。女性有這樣的反應，還算是符合社會的習慣，而我們的文化期望男性要比女性多一些作為，男性如果畏縮，好像不那麼受到同情，可能會有一個遙遠的聲音說：「你如果不主動的話，好的都被挑光了。」

　　有四成三的男性不會主動，是不是因為有高比例的女性願意主動，把行情給弄壞了呢？他們可能在想，反正女生會主動，我就算不動，愛情也可能落到我身上。（508 字）

些男性可能在想，反正女生會主動，自己就算不動，愛情也可能落到自己身上。當然，真正的心理內幕要比這複雜得多。（348 字）

即使不來電還是會接受女性主動追求的男性有 32.55%	
原文	建議修訂
可能接受不來電女性的追求的男性少於 33%，也就是不滿三分之一，進一步的調查顯示，這三分之一不到的男生裡，幾乎沒有被對方一表白就會欣然接受的，他們多多少少要經過一番考慮，接受的程度也有差別。這個統計相當程度地否定了「女追男，隔層紗」的說法。 　　我們的統計數字顯出，會由外表來決定是否開始交往的女性約有 49%，接近五成，男性更高，超過了 67%，有三分之二強。這倒是真的，	可能接受不來電女性的追求的男性少於 33%，進一步的訪問調查顯示，這三分之一不到的男生裡，被對方一表白就會欣然接受的不到 3%，他們多多少少要經過一番考慮，接受的程度也有差別。這個統計相當程度地否定了「女追男，隔層紗」的說法。 　　本研究顯出，會由外表來決定是否開始交往的女性約有 49%，接近五成，男性更高，超過了 67%，有三分之二強，顯示男生比較注重對象的外表。（188 字）

男生確實是比較注重對象的外表。（205字）	
有過一見鍾情經驗的男性有 69.13%，女性有 48.35%	
原文	建議修訂
一見鍾情是什麼？我們的問卷並沒有加以界定，而是把它的定義留給作答者決定，在這種自由心證的前提下，有過一見鍾情的經驗的女性有48%強，接近五成，男性則有68%強，直逼七成。與前述「會由外表來決定是否開始交往」的統計結果同步得驚人。這兩個數字都不算低，人——尤其是男性——真的這麼容易就為對方的外表傾倒嗎？ 　　大多數男女是經由一段時間的接觸，漸漸滋生好感而產生感情，這種情形下的感覺與一見鍾情的感覺當不同，一見鍾情可以說是男女受到對方外在魅力影響的極致，並不只是互相有好感而已。 　　一見鍾情是那種天雷勾動地火的感覺。一見鍾情是一見到之後，開始發昏發愣，心跳開始加速，呼吸開始急促，不能夠正常思考。那種沉醉迷戀的感覺讓你覺得好像已經不是自己啦，好像被催眠、被放了符咒了。顯然是因為荷爾蒙大量分泌，干擾了正常腦筋運作的關係，這時候你可能會	本研究問卷並沒有把「一見鍾情」加以定義，而是把它留給作答者決定，在這種前提下，有過一見鍾情的經驗的女性有48%強，男性則有69%強。與前述「會由外表來決定是否開始交往」的統計結果同步。這兩個數字都不算低，顯示人 — 尤其是男性 — 容易為對方的外表傾倒。 　　男女經由一段時間的接觸，漸漸滋生好感而產生感情，這種情形下的感覺與一見鍾情的感覺當不同，一見鍾情可以說是男女受到對方外在魅力影響的極致，並不只是男女間泛泛的好感而已。一見鍾情的時候，隨之而來的，可能是一種強烈的想得到對方的企圖，照這樣形容起來，人的一輩子中有這種感覺的情形應該不多，難怪有許多人不相信一見鍾情。但是，既然有五成女性與七成男性自認曾經一見鍾情，那麼，在他們各自的心目中，確實存在著一種異乎尋常的經驗與記憶。（337字）

不知不覺地做出可笑的事情。總之，那種感覺非常好、非常奇妙，不只是男女間泛泛的好感而已。當你一見鍾情的時候，隨之而來的，可能是一種強烈的想得到對方的企圖，強烈得也許一輩子都遇不到一次。 　　照這樣形容起來，人的一輩子中有這種感覺的情形應該不多，難怪有許多人不相信一見鍾情。但是，既然有五成女性與七成男性自認曾經一見鍾情，那麼，在他們各自的心目中，確實存在著一種異乎尋常的經驗與記憶，因此，我又何必死抓住自以為是的一見鍾情定義呢？（573 字）	

會因甜蜜感覺淡了就分手的男性有 28.19%，女性有 36.83%	
原文	建議修訂
因「交往時甜蜜感覺淡了」就會選擇分手者，男性為 28% 強，女性則接近 37%，男女比率約為三比四，由統計的結果可見男性並不會比女性薄情。（72 字）	因「交往時甜蜜感覺淡了」就會選擇分手的男性為 28% 強，女性則接近 37%，男女比率約為三比四。（52 字）

有過出軌的意圖的男性有 34.90%，女性有 33.08%	
原文	建議修訂
愛情具有獨占性，但在現實中，第三者隱性或顯性地存在著，也就是說，在戀愛過程裡可能發生不只是一對一的關係，三角關係是許多現代人極想探討的題目，其中涉及了「第三	在戀愛過程裡可能發生不只是一對一的關係，三角關係涉及了「第三者」、「出軌者」及「受害者」。 　　如果曾與戀人或配偶以外者有戀愛式的交往就算是出軌，那麼本研究

者」、「出軌者」及「受害者」。

　　出軌這個名詞頗有負面的意味，多用在已婚的男女身上，這個名詞有不專情的味道。有些人覺得愛一個人就要全心全意，不能有任何非分的想法或舉動，有些人的標準就寬些。那麼，出軌的定義是什麼呢？如果曾與戀人或配偶以外者有戀愛式的交往就算是出軌，那我們的統計數字顯示，有出軌意圖的女性約占33%，男性約占35%，這個比率中，當然包含了有出軌機會但選擇不那麼做，和有意但是沒有機會的男女，統計資料中對此雖然沒有細分，但我們有當事者的現身說法。

　　沒有過出軌意圖的男女雖然都是意圖出軌者的兩倍有餘，兩性比例各占約七成，當然，其中不免包含了從來都沒有過戀愛對象的人士，這些人士應該談不上有出軌的意圖。

　　有出軌意圖的兩性的比例都是三成，這個統計數字潛藏了什麼樣的訊息？

　　可以不太離譜地說，約有三分之一的人就算已經有了情侶甚至配偶，卻仍然有經常性或偶發性的出軌念頭，如果光以自由戀愛的觀點來看待此事，就是說，即使你喜歡的對象已經有了要固定的對象，你也不用就此

的數字顯示，有出軌意圖的女性約占33%，男性約占35%，這個比率中，當然包含了有出軌機會但選擇不那麼做，和有意但是沒有機會的男女，統計資料中對此雖然沒有細分，但有當事者的現身說法。

　　沒有過出軌意圖的男女沒有過出軌意圖的兩性比例各占約七成，當然，其中不免包含了從來都沒有過戀愛對象的人士，這些人士應該談不上有出軌的意圖。

　　有出軌意圖的兩性的比例都是三成，這個統計數字潛藏了這樣的訊息，即約有三分之一的人有經常性或偶發性的出軌念頭。（293字）

放棄，大可以鼓起勇氣，盡量追求自己的愛情目標，勇敢示愛乃是勇氣的表徵，何況你的目標可能正在那三分之一的人當中，勝算要比樂透或統一發票中獎率都高出許多。

良性的競爭可以淘汰不知珍惜所愛者，這毋寧是健康而且具有建設性的。（618 字）

曾與戀人或配偶外的人有戀情（出軌）的 男性有 21.14%，女性有 15.27%	
原文	建議修訂
只要和別人有曖昧的關係就算是出軌嗎？還是要有肉體關係才叫出軌呢？我們的問卷並沒有加以定義，而是把這個問題留給作答者決定，在這種自由心證的前提下，有過出軌行為的男性約占 21%，女性則約占 15%，是四與三之比，使我們可以相信，男女性有出軌意圖者的比例雖然相當，但在正式出軌者方面，男性確實要比女性為多，下面就是一些當事者的現身說法。（169 字）	調查問卷並沒有定義出軌是只要和別人有曖昧的關係就算還是要有肉體關係才算，只把這個問題留給作答者決定，在這種自由心證的前提下，有過出軌行為的男性約占 21%，女性則約占 15%，是四與三之比，男女性有「出軌意圖」者的比例雖然相當，但在「正式出軌」者方面，男性確實要比女性為多。（140 字）

若很愛一個有家庭的人，會願當第三者的 男性有 16.28%，女性有 11.98%	
原文	建議修訂
這個命題中的第三者，是介入他人婚姻關係的人。愛一個人愛到即使對方有家庭也願當第三者的女性約占	這個命題中的第三者，是介入他人婚姻關係的人。愛一個人愛到即使對方有家庭也願當第三者的女性約占

原文	建議修訂
12%，男性則約占 16% 強。較之 4.1 即 4.2 兩節的統計數字低出許多，說明了婚姻關係對不倫之戀確實有可觀的約束力。	12%，男性則約占 16% 強。較之 4.1 即 4.2 兩節的統計數字低出許多，說明了婚姻關係對不倫之戀確實有可觀的約束力。
為情而願意當第三者的女性竟比其男性同道低了三成有餘，這個調查結果似乎有疑點，就一般的社會現象觀察，女性成為人家第三者的似乎多過做人家第三者的男性，社會新聞中多得是金屋藏嬌、包二奶，男性已婚老闆跟未婚女性下屬，或是已婚男人在歡場與歡場女子發展出長期關係等等事件，為什麼統計數字與社會現實相反？難道這些成為第三者的女性中不乏非自願者？或是有其他重要因素（如金錢等）介入而改變了平衡？這些暫時不論，先來看看願意介入（包括婚姻關係）者的說法……（315 字）	為情而願意當第三者的女性比其男性同道低了三成有餘，就一般的社會現象觀察，女性成為人家第三者的似乎多過做人家第三者的男性，社會新聞中多有金屋藏嬌、包二奶、男性已婚老闆跟未婚女性下屬，或是已婚男人在歡場與歡場女子發展出長期關係等等事件，統計數字與社會現實有出入，或可歸因於其他重要因素（如金錢等）。先來看看願意介入（包括婚姻關係）者的說法……（266 字）

如有機會會同時交往兩位以上異性的
男性有 35.91%，女性有 26.05%

原文	建議修訂
這個問題問的是「如果有機會，你會不會……」，有別於 4.1 節「出軌意圖」中所問的那種「你實際上有沒有（過）……」的問題。有（過）對象者才談得上出不出軌，而即使沒有任何交往經驗者，也都可以探討自己到底想不想周旋在一個以上的戀愛對象之間。	本問題：「如果有機會，你會不會……」，有別於 4.1 節「出軌意圖」中的：「你實際上有沒有（過）……」的問題。 　　有（過）對象者才談得上出不出軌，而即使沒有任何交往經驗者，也都可以探討自己到底想不想周旋在一個以上的戀愛對象之間。

　　我們的統計顯示，有意同時交一位以上對象的男性占約 36%，與 4.1 節中的數據甚少差別，而有意腳踏兩條船的女性則比 4.1 節中的數據少了 8% 有餘，約占 26%，男女中有劈腿意向者的比率稍低於三比二。統計數字當然包含了「已有事實」者、「已對象正在待機而動」者，與「尚無對象而正處於想像階段」者。

　　統計資料中對此並雖然沒有細分……（269 字）

　　統計顯示，有意同時交一位以上對象的男性占約 36%，與 4.1 節中的數據甚少差別，而有意腳踏兩條船的女性則比 4.1 節中的數據少了 8% 有餘，約占 26%，男女比率稍低於三比二。

　　統計數字包含了「已有事實」者、「已有對象正在待機而動」者、與「尚無對象而正處於想像階段」者，只是統計資料中對此並雖然沒有細分……（252 字）

發現情人劈腿時
會離開對方的男性有 43.46%，女性有 66.02%
會要對方選擇其一的男性有 36.24%，女性有 23.95%

原文	建議修訂
我們的統計顯示，不論男女，在發現另一半腳踏兩條船時，大都會「離開對方」，這類的男性占 43% 強，女性更達 66% 強，顯示出在面對情敵時，男女選擇退出戰場的比率是二比三；而選擇第二高票選項——要求對方做選擇——的男生則稍多於 36%，女性為略低於 24%，顯示面對情敵會放手一搏的男女比率是三比二；又，男性選擇「找第三者談判」及「採取報復行動」兩項的比例都明顯高出女性；男女選擇「假裝不知道」的比率，則較諸其他各項接近許多。除了「假	統計顯示，發現另一半腳踏兩條船時會「離開對方」的男性占 43% 強，女性達 66% 強，顯示出在面對情敵時，男女選擇退出的比率是二比三；而選擇第二高選項——要求對方做選擇——的男生則稍多於 36%，女性為略低於 24%，顯示面對情敵會放手一搏的男女比率是三比二；又，男性選擇「找第三者談判」及「採取報復行動」兩項的比例都明顯高出女性；男女選擇「假裝不知道」的比率，則較諸其他各項接近許多。除了「假裝不知道」的動機令

「裝不知道」的動機令人費解之外，其他各項比值都與社會期待男強女弱的情場形象相符。

　　有三分之二的女性若發現另一半腳踏兩條船時會離開對方，近四成五的男性若發現另一半「不忠」時會離開對方，這位男性被第三者介入以後做了一些自省的工作，但還是不免哀怨：

　　但是，沒有必要因為有時所遇非人就認為世間沒有好人，畢竟有意腳踏兩船或多船的男性只占約三分之一，足可打破「大部分男性都不易滿足於單一情侶」的刻板印象。所以，認為男性比較濫情的女性同胞們，妳們的觀念是有偏差的。（441字）

人費解之外，其他各項比值都與社會期待男強女弱的情場形象相符。

　　有三分之二的女性若發現另一半腳踏兩條船時會離開對方，近四成五的男性若發現另一半「不忠」時會離開對方，有意腳踏兩船或多船的男性只占約三分之一，足可打破「男性比較不易滿足於單一情侶」的刻板印象。（334字）

和好友愛上同一人時會尊重所愛者選擇的 男性有 64.77%，女性有 67.07%	
原文	建議修訂
這也應該算是個揣摩式的問題，問的是：「如果 …… 你會怎麼做 ……？」沒有戀愛經驗者也可以探討，在好友與戀人間自己到底會做怎樣的抉擇。跟好朋友同時愛上一個人的事件，好像只會在小說或影劇裡出現，但是真正發掘起來，在現實社會裡竟然也不乏這種情節，我們沒有調查這類事件的百分比，但是大略統計	本題問的是：「如果 …… 你會怎麼做 ……？」沒有戀愛經驗者也可以探討，在好友與戀人間自己到底會做怎樣的抉擇。 　　經統計，跟好朋友同時愛上同一個人的事件，在一百三十一例中有八例。「讓所愛的人做選擇以示尊重」是最大宗的選項，男女都占了約三分之二，就感情的問題而言，這種選擇算

起來，一百三十餘例中，也有以下所列的八例，就這類事件看來，6% 這個數字應該不算太低，會不會是大家的生活圈子太小了，大家的觸角老是要碰在一起。

　　統計結果顯示，「讓所愛的人做選擇以示尊重」是最大宗的選項，男女都占了約三分之二，就感情的問題而言，這種選擇算是超乎尋常的理性，而以下的案例中也顯示這種選擇所得的結果比較良性。（294 字）

是理性，而以下的案例中也顯示這種選擇所得的結果比較良性。（155 字）

和好友愛上同一人時，會退讓的男性有 16.44%，女性有 25.30%	
原文	建議修訂
選擇「讓給朋友」的女性有 25% 強，而男性則低於 17%，男女比率約為三比二，想來做此選擇者必然不乏哀怨之士，根據我們的文化形象，女性較易陷入哀怨的情結，似乎與數據有些相合。（90 字）	選擇「讓給朋友」的女性有 25% 強，而男性則低於 17%，男女比率約為三比二，根據一般的文化形象，女性較易陷入哀怨的情結，與數據相合。（70 字）
和好友愛上同一人時，會與朋友較勁，輸的一方棄權的 男性有 17.79%，女性有 7.89%	
原文	建議修訂
至於「與朋友互相較勁，輸的一方棄權」這個選項，測出了男女性在感情上「愛拚才會贏」的意識上對比鮮明，近 18% 的男性和不到 8% 的女性選擇了這一項，男女比率高過二比一。（85 字）	「與朋友互相較勁，輸的一方棄權」這個選項，測出了男性比女性較傾向於爭取感情，近 18% 的男性和不到 8% 的女性選擇了這一項，男女比率高過二比一。（74 字）

喜歡的人已有了愛人還會一意追求的 男性有 30.03%，女性有 14.37%	
原文	建議修訂
「喜歡的人已經另有所愛」好像不是個很稀有的現象，尤其對一些內向、害羞、不敢採取主動的人士，這種遺憾更是常常發生，其百分比應該是值得調查的，但這次這個問題，問的只是：「如果⋯⋯你會不會⋯⋯？」 　　統計顯示，喜歡的人身邊有愛人了還會不顧一切地追求的女性少於 15%，而男性則稍超出 30%，是女性的兩倍有餘，與「男性在感情方面應該較為積極」的文化形象相合。（172字）	統計顯示，如果喜歡的人身邊有愛人了還會不顧一切的追求的女性少於 15%，而男性則稍超出 30%，是女性的兩倍有餘，與「男性在感情方面較為積極」的文化形象相合。（81 字）
與分手後的戀人還保持良好聯繫男性 37.08% 有，女性有 34.28%	
原文	建議修訂
我們的統計顯示，在有分手經驗的族群中，男女性的數據顯示了可觀的一致性，與戀人分手後還保持良好的聯繫的男女性都在 36% 上下，這個比例顯示，雖然普遍認為情侶分手後保持朋友關係不容易，但真正不聞不問的比例也不算高得離譜。順便一提，將近 37% 的女生無分手經驗，男生則略低，稍少於 31%，分手經驗這個族群當然包括了沒有戀愛經驗者，此外	統計顯示，在有分手經驗者中，男女性的數據顯示了一致性，與戀人分手後還保持良好的聯繫的男女性都在 36% 上下，這個比例顯示，雖然普遍認為情侶分手後保持朋友關係不容易，但真正不聞不問的比例也不算高得離譜。將近 37% 的女生無分手經驗，男生則略低，稍少於 31%，沒有分手經驗這個族群當然包括了沒有戀愛經驗者，此外就是處於戀愛期中「從

就是處於戀愛期中「從沒有」或「尚未」進入「分手」這個不幸階段的人，本項統計沒有對此做出分別。（217字）

沒有」或「尚未」進入「分手」這個階段的人，本項統計沒有對此做出分別。（204字）

第十章
電腦輔助論文管理

本章提綱

◎目錄製作

　　一、以標題樣式建立目錄

　　二、從大綱層級建立目錄

　　三、目錄檢視與更新

◎註腳標示

◎索引製作

　　一、手動標記索引項目

　　二、以詞彙索引檔自動標記

　　三、刪除索引

◎文獻檔案管理

◎ Google 文獻引用工具

　　以電腦製作目錄、註腳、索引的方法簡單易學，目錄、註腳、索引製作完成後，不管論文的內容或頁數怎麼變更，藉電腦之助，只消按幾下滑鼠或鍵盤，就可以為目錄和索引重新編頁，為註腳重新編碼，這種一勞永逸的方法，實在植值得任何論文寫作者一學。

　　本章旨在指導學者按部就班，學習用 MS-Word 製作目錄、註腳、索引，以增加論文寫作的效率。

目錄製作

　　目錄是論文的地圖，它提供了論文內容的結構，並且幫助讀者快速尋找特定的章節，瀏覽目錄可對論文主題有概略的了解。

　　目錄可以是簡單的章節標題清單，也可以包括數個標題或大綱階層，要是目錄的結構複雜有如本書，用人工建立目錄眞的需要花許多勞力和心力，若能借重電腦，那就簡便多了。

　　目錄一旦製作完成，論文內容若有增刪而造成章節頁碼變更，重製目錄只是按幾次滑鼠鍵之勞。

　　本節敘述如何使用 Word 一勞永逸地建立美觀正式的目錄。

　　建立目錄最簡單的方法是使用內建的**標題樣式**和**大綱層級**[1]格式：

一、以標題樣式建立目錄

　　使用標題樣式的最大優點就是使用方便及快速，Word 有標題 1 到**標題 9** 等九種內建的標題樣式，使用內建標題樣式來格式化文件是標示文字的最簡單方法，只要使用九種預先定義的標題樣式的其中一種來格式化文字，然後建立目錄即可。

　　以標題樣式建立目錄有兩個，**第一步**是在文件中**標示**想要列入目錄的文字，這部分工作須由手工完成。

　　標示欲納入目錄中文字的方法如下：

1. 在文件中手動選取欲列入目錄的文字（例如章節標題）；

---

[1]　大綱層級可以用來指定文件中的段落階層式層級（層級 1 到層級 9）的段落格式設定，指定大綱層級後，即可用大綱模式或「文件引導模式」處理文件。

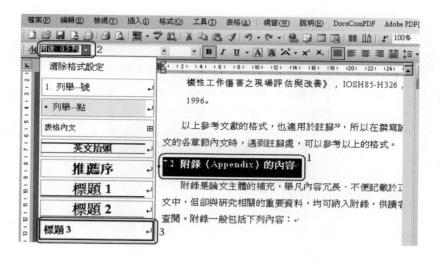

2. 展開**樣式與格式**的下拉欄位，按〔**格式**〕工具列上的 **A₄** 亦可將此欄位以工作窗格[2]的方式開啟於 Word 的右側；

3. 選取洽當的**標題樣式**。

4. 就每個要包含到目錄中的標題重複 1 到 3。

　　若在撰寫論文時寫到新的章節標題，立刻加以標示，事後便不必重新瀏覽整份文件，再一一標示須包含在目錄中的文字。

　　第二步是將標示的文字及其頁碼集中在指定的目錄所在地，這部分工作則由電腦代勞。首先，將插入點放在目錄應在的地方，通常是文件的開頭。接下來，在〔**插入**〕功能表上指向〔**參照**〕，然後按〔**索引及目錄**〕，再按〔**目錄**〕索引標籤。然後按〔**確定**〕以建立目錄。

2　工作窗格：Office 應用程式內的視窗，可提供常用的指令。其位置及小型尺寸即使仍在使用檔案也可使用這些命令。

二、從大綱層級建立目錄

　　從大綱層級建立目錄的第一步，是建立文件大綱，其如下：

1. 在〔**檢視**〕功能表上指向〔工具列〕，按〔**大綱模式**〕。

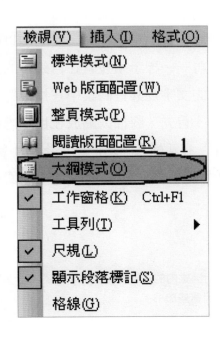

2. 選取目錄中要出現的第一個標題。

3. 在〔大綱〕工具列上選取相關的大綱階層。

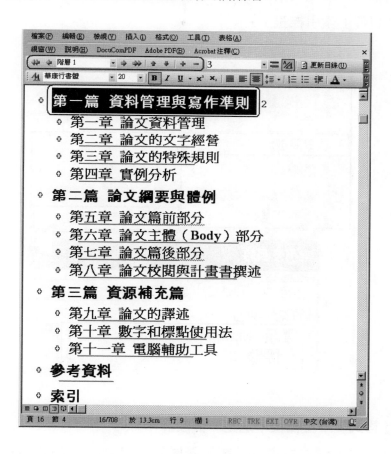

4. 就每個要包含到目錄中的標題重複 2 和 3 。

建立目錄

套用大綱層級格式或內建的標題樣式後，就可以直接進入預定要

插入目錄的位置，再依序執行下列

1. 在〔**插入**〕功能表上指向〔**參照**〕，按〔**索引及目錄**〕。

2. 按〔**目錄**〕索引標籤。

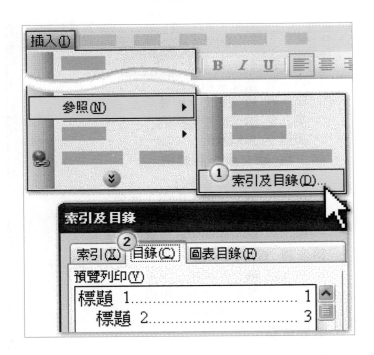

3. 在〔**格式**〕下拉欄位中選定一個設計。

4. 在〔**格式**〕欄位右邊的〔**顯示階層**〕欄位中選定要標出的層次數目（1 到 9）。

5. 選取需要的其他任何目錄選項，完成後按〔**確定**〕來正式建立目錄，此時 Word 會搜尋指定的標題，按標題層次對它們進行排序，並將目錄顯示在文件中。

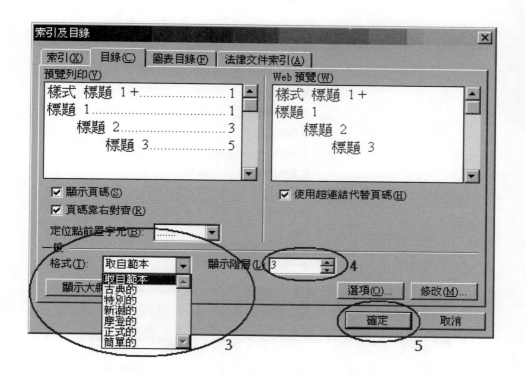

三、目錄檢視與更新

在 Word 中檢視文件時，若要快速瀏覽整個文件，可使用**文件引導模式**，此模式開出文件視窗左邊的垂直窗格，顯示文件標題的大綱，每個大綱項目都是超連結，可供點按，有利於快速瀏覽整份論文，並追蹤各標題在論文中的位置。

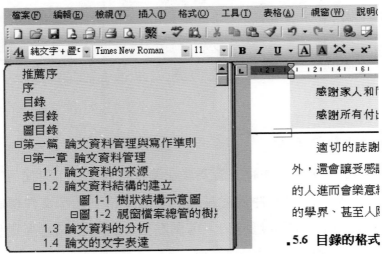

　　目錄建立後，如果在文件中加入更多標題，或只是增加更多內容，希望目錄能夠加入新的標題並顯示正確的頁碼時，就必須要更新目錄。此時可以選取目錄，然後按 <F9>，開啟以下視窗，選擇更新整個目錄或只更新頁碼：

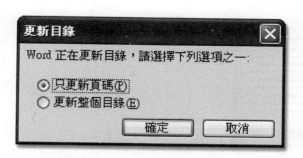

若未增加新標題，可選擇〔更新頁碼選項〕，如果已增加新的標題或已變更目錄中的任何文字，則選擇〔更新整個目錄〕。

目錄中的文字若須變更，不要在目錄中而宜在文件內文中編輯這些文字，然後按 <F9> 來更新目錄。

註腳標示

Word 的**註腳**及**章節附註**都是由**註解參照標記**[3]及對應的**註解**文字兩個部分所組成，**註腳**和**章節附註**兩者，均可用以顯示引用資料的來源、置入說明或補充的資訊，或甚至只是與本文中文字不連貫的離題註解，兩者之間的基本差別在於它們在文件中的位置，**註腳**位在頁面結尾，**章節附註**則是在文件或章節的結尾，它們都會以短水平線來與本文分開。

註腳和**章節附註**的參照標記使用不同的編號系統，可以在同一文件中使用。不論在頁面底端或是文件結尾，**註解**文字的字型都會比本文小。

---

[3]　註解參照標記乃是數字、字元或字元的組合，用以指示註腳或章節附註中包含其他資訊。

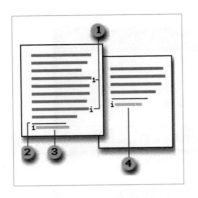

①註腳及章節附註參照標記
②分隔線
③註腳文字
④章節附註文字

　　在來源資料或附加說明對閱讀內容很有幫助時，宜用**註腳**，因為註腳在頁面底部，可讓讀者在內文中查看。由於註腳的空間較小，因此若註解文字很長，或補充的資訊可在之後查看，那麼**章節附註**是較好的選擇。

　　將插入點置於希望註解參照標記出現的地方，然後在工具列的〔**插入**〕功能表上指向〔**參照**〕，再按一下〔**註腳**〕。

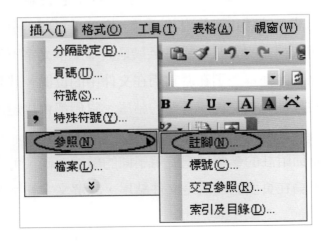

　　在〔**註腳及章節附註**〕對話方塊中，點選〔**註腳**〕或〔**章節附註**〕，然後按一下對話方塊底部的〔**插入**〕按鈕。

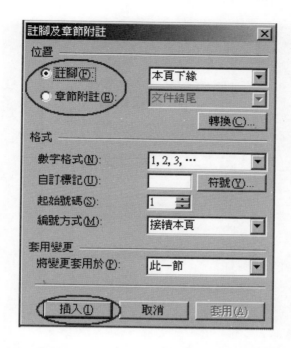

　　此對話方塊關閉後，Word 會在插入點加入**註解參照標記**，且會自動編號。如果選的是〔**註腳**〕，相同號碼的註解參照標記會插至同頁底部；如果選的是〔**章節附註**〕，同碼的參照標記則會插至文件或章節結尾，等待使用者輸入註解文字。

　　新增下一個**註腳**或**章節附註**時，Word 會自動以正確順序編號，若稍後在此註解之前新增註解，Word 也會為新註解及文件中的其他註解重新編碼。

　　以上均可以用快捷鍵來達成，在需要輸入**註腳**或**章節附註**之處，按 <Alt>+<Ctrl>+F 就可插入註腳，按 <Alt>+<Ctrl>+D 則可以插入章節附註。

　　若要刪除註解，選取文件本文中的註解參照標記，然後按 <De-

lete> 鍵鍵。這樣就會刪除**註解參照標記**，以及頁面底部或文件結尾的文字。

刪除註解參照標記時，Word 會自動爲剩餘的註解重新編碼。

索引製作

論文中的重要詞句、主題以及它們出現的頁碼，可以用 Word 的索引功能搜尋出來，列到適當的位置。要建立索引就得先標記文件中的**索引項目**[4]，**索引項目**的標記方式有手動與自動兩種。

4 索引項目：標記特定文字，以將其包含在索引中的功能變數代碼。將文字標記為索引項目時，Microsoft Word 會插入格式設定為隱藏文字的 XE（索引項目）功能變數。

一、手動標記索引項目

　　若要以手動標記索引項目，則選取欲置入索引的文字：

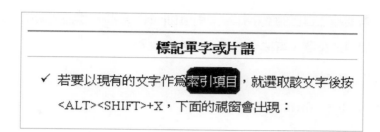

標記單字或片語

✓ 若要以現有的文字作為索引項目，就選取該文字後按
　　<ALT><SHIFT>+X，下面的視窗會出現：

　　然後按 <Alt><Shift>+X，〔索引項目標記〕的視窗就會出現：

索引項目標記	✕

索引
　　主要項目(E)：索引項目　　　　標題(H)：
　　次要項目(S)：　　　　　　　　標題(G)：
選項
　　○ 交互參照(C)：　　參照
　　◉ 本頁(P)
　　○ 指定範圍(N)
　　　書籤：

頁碼格式
　　□ 粗體(B)
　　□ 斜體(I)

本對話方塊維持開啟狀態，您可以標記多層次索引項目

標記(M)　　全部標記(A)　　取消

　　若單要標記該項目就按〔**標記**〕，若要將論文中此文字出現的每一次都標記起來，則按〔**全部標記**〕。

如要輸入自己的文字作為索引項目，則只要將游標插入索引項目的位置：

> ✓ 若要輸入自己的文字作為索引項目，則只要將游標插入索引
>   項目的位置，再按<ALT><SHIFT>+X。

再按 <Alt><Shift>+X。

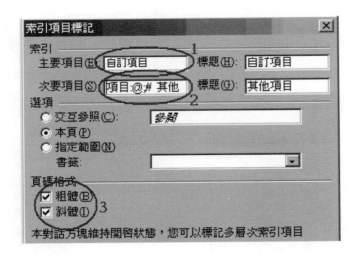

1. 欲建立主要索引項目，可在〔主要項目〕欄中鍵入或編輯文字，
   另外亦可建立次要項目[5]或指向其他項目的交互參照。
2. 若要包括第三層的項目，則在鍵入次要項目文字之後加上冒號
   （:），然後鍵入第三層項目的文字。如果要在項目中使用符號（如

5　次要項目乃是在較大範圍標題下的次項，例如，索引項目太陽系之下可以有火星、
　　金星、土星與水星等次要項目。

@），可緊接在符號後鍵入 ;#（分號後接數字符號）。

3. 欲選取索引中的頁碼格式，則核取〔**頁碼格式**〕之下的〔**粗體**〕
或〔**斜線**〕方塊。

　　在〔**主要項目**〕或〔**次要項目**〕方塊中按滑鼠右鍵，再按〔**字型**〕
後可設定索引的文字格式：

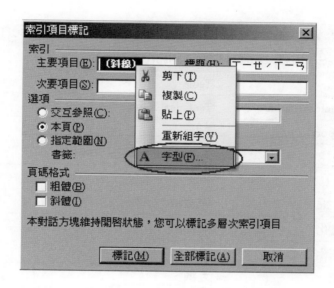

　　欲標記其他索引項目，則重複本節。

二、以詞彙索引檔自動標記

　　詞彙太多的時候，若用手動標記的方式實在太過費事，Word 提
供了自動標記索引項目的功能。

　　第一步是建立**詞彙索引檔**[6]，先開啟一空白文件，並在該新文件

---

[6]　詞彙索引檔：索引中包含的詞彙表。在 Microsoft Word 中使用詞彙索引檔可以快
速標記索引項目。

的**最頂部**插入一個兩欄的表格，然後在左欄中輸入要 Word 搜尋並標記為索引項目的文字，輸入的內容要與文件中完全一樣，然後在同列右欄中，鍵入左欄中的索引項目文字，重複此以建立每一個索引參照和項目。如果要建立次要項目，請在右欄中鍵入主要項目之後，緊接著鍵入冒號（:，如下圖中之 a, b 所示）：

SSCI	Social Science Citation Index : (SSCI) a
Subject-specific Database	Subject-specific Database
Table	Table
Technical Report	Technical Report
Teleport	Teleport
Title	Title
Unit	Unit
WinZip	WinZip
人性化	人性化
口語化	口語化
大綱	大綱
內文列舉	內文列舉 : 列舉 b
公式	公式
分析	分析
分號	分號

　　要加速**詞彙索引檔**的建立，可同時開啟**詞彙索引檔**和論文，按〔**視窗**〕功能表上的〔**並排顯示**〕以同時查看兩份文件，將索引文字從主文件中一一複製到索引檔的左欄裡。製作完成後，記得儲存詞彙索引檔。

接著開啓主文件（即要編索引的文件），在〔插入〕功能表上指向〔參照〕後，按〔索引及目錄〕：

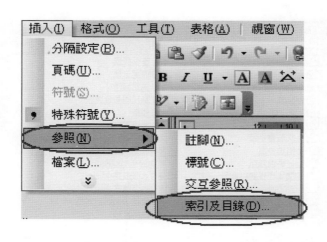

再點選〔索引〕標籤，然後按〔自動標記〕：

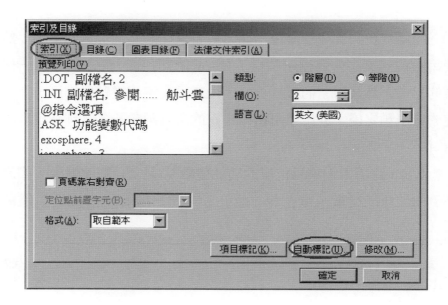

在〔檔案名稱〕方塊中輸入要使用的詞彙索引檔名稱後，按〔開啓〕：

電腦會在文件中搜尋每一個與**索引檔**左欄完全符合的文字，然後使用右欄的文字作為**標示項目**。Word 會標記每一個段落中第一個出現的目標，然後將它們根據英文字母或中文字筆畫順序排序，在你選定的索引預定處，列出**索引檔**中指定的所有詞彙及各該詞彙出現的所有頁碼。

Word 註明**索引項目**位置的功能變數[7]乃是 **XE 功能變數**，如果看不到 **XE 功能變數**，可在〔一般〕工具列上按![8]，那麼原先隱藏的

---

[7]　功能變數：指示 Word 自動向文件插入文字、圖形、頁碼及其他資料的一組代碼。

[8]　〔顯示／隱藏〕鈕。

變數就會一一顯現出來：

論文資料管理[· XE· "論文資料管理"·]結合了邏輯[· XE· "邏輯"·]概念和實際操作的過程，並形成一套爲問題求解的技巧，一般而言，此套技巧有七個項目，分別爲：資料取得、資料評估、資料整理、資料分析[· XE·"資料分析"·]、資料表達、資料保障、資料的協同運用。茲分別說明如下：↵
　資料取得[XE · "資料取得"·]：提問與回答、練習反覆搜索、利用電子圖書館的資料庫來查尋資料等，對資料的取得都很重要。資料的品質與資料取得的技巧有很大的關聯，附錄 C 提供會更詳盡的資料搜尋技巧介紹。↵

三、刪除索引

　　若要刪除某索引項目，就要尋找該項目的 XE 功能變數，例如，選取整個功能變數（包括大括弧 {}），再按 <Delete> 鍵。欲編輯或格式化索引項目，則可用一般文字處理的方式直接變更引號裡面的文字。若要更新索引，就點選索引位置，再按 <F9>。

　　想要刪除許多索引項目時，就要一一尋找各該項目的 XE 功能變數，那未免耗費太多功夫，此時不如以整體搜尋取代的方式把所有的索引項目統統除去。操作的如下：

　　點選一般工具列上的〔**編輯**〕功能表：

點按〔取代〕帶出〔尋找及取代〕對話方塊：

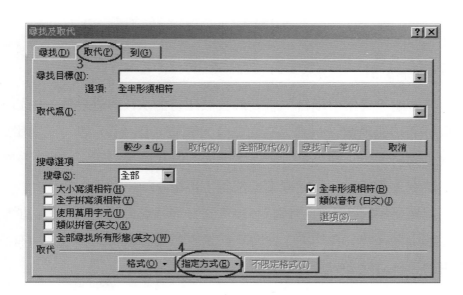

在〔尋找及取代〕對話方塊中，點選〔指定方式〕。

此時會出現一系列的方式供你選擇，請點選〔**功能變數**〕：

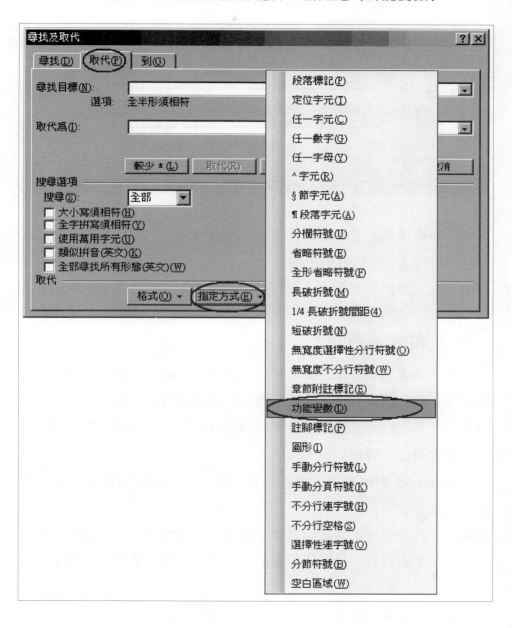

此時，〔尋找及取代〕對話方塊中的〔尋找目標〕欄中會出現 ∧d [9]：

> 尋找及取代
>
> 尋找(D)　取代(P)　到(G)
>
> 尋找目標(N)：　∧d
> 　　　　選項：　全半形須相符
>
> 取代為(I)：
>
> 更多 ▼(M)　取代(R)　全部取代(A)　尋找下一筆(F)　取消

　　將〔取代為〕之欄位保持空白，然後按〔全部取代〕鈕，電腦即會把所有的 XE 功能變數全數刪去。至此，你可以從新開始，用第十章第三之一節即第十章第三之二節的方式重新製作更滿意的索引。

文獻檔案管理

　　你可以建立一個資料庫系統，一邊蒐集文獻，一邊把你的每一筆研究資料輸入該資料庫，完成了這個研究專屬電子文獻目錄後，你可以用自己喜歡的方式分類、組織和取用所蒐集來的文獻，在必要時還可以增加欄位，容納其他的資訊。

　　Windows 的檔案總管就有這種功能，以下就教你簡單的進行步驟。

步驟一：在你覺得最適當的目錄下新增一個檔案夾，專門儲存蒐集得來的資料，為了舉例方便，我們在桌面上新增一個檔案夾：

9　此即 XE 功能變數的搜尋代碼，你也可以直接鍵入「∧d」。

　　〔**參考文獻整理**〕，把所有的參考文獻都方在這個檔案夾裡，並用個別論文的題目來做各該檔案的名稱：

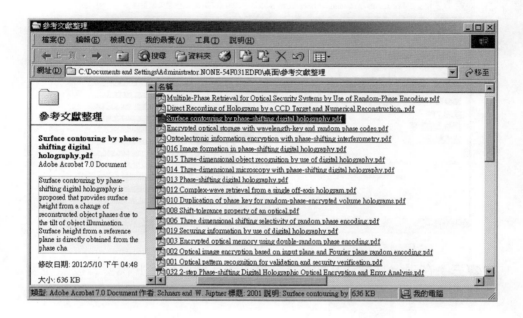

　　除了檔案的名稱以外，檔案總管還提供許多欄位，供你利用，在新開的〔**參考文獻整理**〕檔案夾裡，只需要顯示有必要的欄位，其他非關緊要的欄位都可以隱藏起來。

步驟二：在欄位名稱區上的任何一點，按下滑鼠右鍵，就會出現一個欄位選擇表：

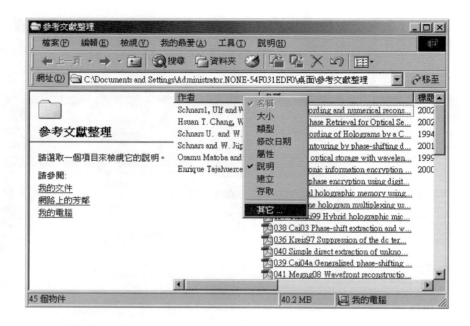

步驟三：在表上點選〔**其他 ...**〕，會出現〔**欄位設定**〕視窗，按照視窗
　　　　中的指示，尋找並勾選下圖中所選擇的欄位，並且如圖排序：

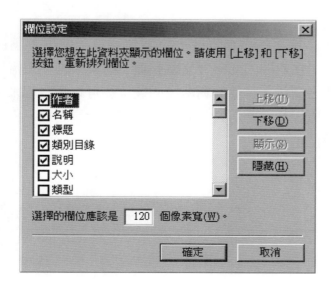

步驟四：按確定後，你會回到〔**參考文獻整理**〕檔案夾，現在在任何
檔案的名稱上按滑鼠右鍵，就會出現一個功能選擇表，

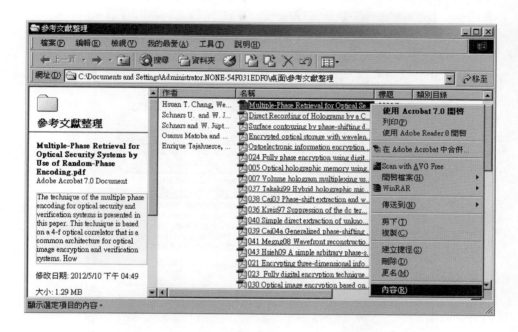

步驟五：在表上點選〔**內容 (R)**〕，會出現以該檔案名為名的視窗，
請在〔**標題 (T)**〕欄中輸入該文件的出版年月，在〔**作者 (U)**〕
欄中輸入該文件的作者（群），在〔**類別目錄 (C)**〕[10] 欄中輸
入該文件的關鍵字，在〔**說明 (M)**〕欄中輸入該文件的摘要。
　　這些輸入的資訊在原來的文獻裡都已存在，只要一一剪貼即可，
不至於花費太多時間，你也可以依照三，增加顯示的欄位[11]，輸入你

10　在檔案夾中並沒有〔關鍵字〕欄可以顯現，因此只好借用〔類別目錄〕欄，將〔關
　　鍵字〕欄留白即可。

11　此說明中所用的欄位以及輸入各該欄位的資料種類，是本書作者個人選擇以作為
　　示範之用，並不是非得依循不可，讀者可各依偏好自行設定。

個人閱讀該文的筆記。

重複步驟四和五，直到所有的資料輸入完畢[12]。完成後，回到〔**參考文獻整理**〕檔案夾，你可以看到如下圖的展示。圖中文獻是依作者姓氏降冪排序的[13]，若要依其他方式排序，只要點按各該欄位的名稱

12　在此僅輸入六個文獻的資訊做樣本。

13　見〔作者〕欄的倒三角形。

即可，檔案總管內建的排序功能會自動為你服務。另外，你也可以將
不同主題的論文加以分類，在〔**參考文獻整理**〕夾裡，製作各類別的
子檔案夾，把論文各安其位地歸類在該類的檔案夾裡。

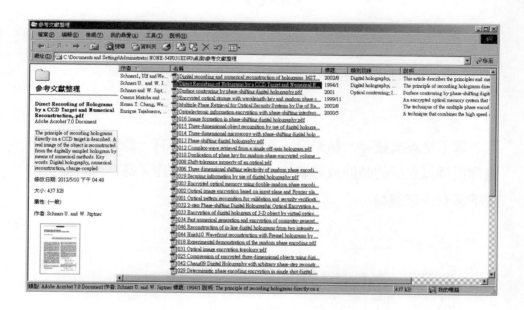

熟悉 Excel 者可以用 Excel 的功能來建立類似的資料庫，網路上
也有許多免費的軟體提供類似的功用，請自行選擇使用。

Google文獻引用工具

在 Google 提供的**學術搜尋**服務中，有專門讓你搜尋學術論文的
功能，你可以鍵入作者的姓名、論文的題目，乃至關鍵字，來搜索你
所需要的論文。

以下我們用實例來引導你善用這種工具。

在入口網頁中打入作者的姓名，你就可以迅速得到結果：

以下是英文搜尋的**結果頁**，在**結果頁**的左欄有一些選項按鈕，可讓你選擇以出版的時間或關聯性來排列論文的次序。每個索得論文的底下都有四個鏈結：

1. **被引用次數**：連向引用了該文獻的其他文獻。

2. **相關文章**：連向與該文獻主題有關的其他文獻。

3. **全部版本**：連向該文獻在網上可查到的一些版本。

4. **引用**：連向已經排好格式的書目引文格式，供你轉貼

　　點了〔引用〕選項後會出現參考文獻引用窗，其中包括了美國現代語言學會（Modern Language Association of America, MLA）[14]、美國心理學會（American Psychological Association, APA）[15]及國際標準化組織（International Organization for Standardization, ISO 690[16]）三種已經排好格式的參考書目引文格式，供你轉貼到你論文中的參考文獻表。另外還有 BibTeX[17]，EndNote[18]、RefMan 、Ref-Works[19] 等四個連結，供你將該文獻匯入各該文獻管理程式，讓你進行更複雜的文獻管理。

　　現在看看中文的例子，在入口網頁中打入作者的中文姓名，就得到以下的中文搜尋結果頁，在結果頁的左欄的選項按鈕，可讓你選擇以出版的時間或關聯性來排列論文的次序。但是每個索得論文的底下

---

[14] 美國現代語言學會是一個服務語言及文學學者的美國主要專業學會，目標是「強化語言教學和文學教學」並「在一百個國家招募超過三萬個成員」。

[15] 美國心理學會是美國的一個心理學專業組織，成立於 1892 年 7 月，以「APA 格式」這種廣泛應用於社會科學（特別是心理學）領域的寫作風格和格式標準著稱。

[16] ISO 690 是一個參考文獻（如專題論文、專利、地圖文獻、電子資源、音樂、錄音、照片等）標註方式的標準。

[17] BibTeX 是一套管理文獻及生產文獻目錄格式的軟體。

[18] EndNote 是一種文獻目錄管理軟體，由美國科學資訊研究所研製開發，可以用來創建個人參考文獻庫，並且可以加入文本、圖像、表格和方程式等內容及連結，可以進行當地及遠程檢索。撰寫文章時，可以方便地插入所引用文獻並按照格式進行編排。

[19] RefMan 及 RefWorks 都是安裝於網頁伺服器上的文獻目錄管理軟體。

就不見得都有**被引用次數**、**相關文章**、**全部版本**和**引用**等四個連結了，它們會因為缺乏相關資訊而只出現一個到四個不等。

✕

引用

複製並貼上已經排好格式的引文，或利用其中一個連結將中繼資料匯入參考書目管理程式。

MLA　Yeh, Naichia Gary, Chia-Hao Wu, and Ta Chih Cheng. "Light-emitting diodes —Their potential in biomedical applications." *Renewable and Sustainable Energy Reviews* 14.8 (2010): 2161-2166.

APA　Yeh, N. G., Wu, C. H., & Cheng, T. C. (2010). Light-emitting diodes—Their potential in biomedical applications. *Renewable and Sustainable Energy Reviews, 14*(8), 2161-2166.

ISO 690　YEH, Naichia Gary; WU, Chia-Hao; CHENG, Ta Chih. Light-emitting diodes —Their potential in biomedical applications. *Renewable and Sustainable Energy Reviews*, 2010, 14.8: 2161-2166.

導入BibTeX　　導入EndNote　　導入RefMan　　導入RefWorks

☑ 記住我的參考書目管理程式，並且在搜尋結果網頁上顯示匯入連結。

學術搜尋　　　　　約有 105 項結果 (0.03 秒)

不限時間
2013 以後
2012 以後
2009 以後
自訂範圍...

按照關聯性排序
按日期排序

搜尋所有網站
搜尋所有中文網頁
搜尋繁體中文網頁

☑ 包含專利
☐ 只包含書目/引用資料

✉ 建立快訊

[PDF] 橢圓曲面Fresnel 透鏡集光器之幾何光學模式與其集光區之色光分析
葉乃嘉 - 明道學術論壇, 2010 - 203.72.2.115
摘要本研究以幾何光學方程式結合透鏡材料之光學性質，導證出橢圓曲面Fresnel
透鏡之折光模式，此模式能接受任何不違背光學原理的設計參數，計算透鏡上個別稜鏡之稜鏡角
及折光角度，從而探討各色光在Fresnel 透鏡下的折射行為，並藉以分析Fresnel 透鏡下的日光 ...
相關文章　全部共 3 個版本　引用

[書籍] 心、靈與意識：新時代的生命教育
葉乃嘉 - 2005 - books.google.com
進入一個科學新發現與古老智慧不謀而合的時代人類對自我與自然的認識將更完整與深入.
本書的目的在打開我們依然陌生的意識層面, 帶領讀者穿越不同層次的一些心靈世界,
做一次探討心靈結構的旅行, 讓讀者一窺自己多度空間的[本來面目].
引用

曲面式Fresnel 透鏡太陽能集光器之幾何光學模式
葉乃嘉 - 明道學術論壇, 2007 - airitilibrary.com
中文摘要本研究將太陽光譜分光成22 波段, 利用幾何光學之方程式, 結合透鏡材料之光學性質, ：
導證出一曲面式Fresnel 透鏡折光模式, 此模式能接受任何不違背光學原理的設計參數,
並依之計算Fresnel 透鏡之上每一菱鏡之稜鏡角及其個別折光角度, 模擬之結果以現已發表之 ...
被引用 1 次　相關文章　全部共 4 個版本　引用

　　點了〔**引用**〕選項後就出現了三種已經排好格式的中文參考書目引文格式，供你轉貼使用。

引用   ✕

複製並貼上已經排好格式的引文，或利用其中一個連結將中繼資料匯入參考書目管理程式。

　　MLA　　葉乃嘉. "橢圓曲面 Fresnel 透鏡集光器之幾何光學模式與其集光區之色光分析." *明道學術論壇* 6.1 (2010): 100-112.

　　APA　　葉乃嘉. (2010). 橢圓曲面 Fresnel 透鏡集光器之幾何光學模式與其集光區之色光分析. *明道學術論壇*, *6*(1), 100-112.

ISO 690　　葉乃嘉. 橢圓曲面 Fresnel 透鏡集光器之幾何光學模式與其集光區之色光分析. *明道學術論壇*, 2010, 6.1: 100-112.

導入BibTeX　導入EndNote　導入RefMan　導入RefWorks

☐ 記住我的參考書目管理程式，並且在搜尋結果網頁上顯示匯入連結。

附 錄

一、標點符號的用法

本章結構

◎ 句號、問號、驚嘆號

(一) 句號的用法

(二) 問號的用法

(三) 驚嘆號的用法

◎ 逗號、分號、頓號、冒號

(一) 逗號的用法

(二) 分號的用法

(三) 頓號的用法

(四) 冒號的用法

◎ 引號、括號

(一) 引號的用法

(二) 括號的用法

◎ 其他標點符號

(一) 破折號的用法

(二) 省略號的用法

(三) 連接號的用法

(四) 書名號的用法

下面有三個完全相同的句子，它們因為標點符號的不同而有了不同的語氣：

> 你怎麼能這麼説。
> 你怎麼能這麼説？
> 你怎麼能這麼説！

第一句只是表述，第二句則是詢問，第三句就有了責怪或不以為然的意思，可見標點符號的功能不能小看。

中文標點符號都是全形，常見的中文標點符號有下列十餘種：

句號（。）	問號（？）	省略號（……）
逗號（，）	感嘆號（！）	連接號（—）
頓號（、）	引號（「」及『』）	書名號（《》）
分號（；）	括號（（）、〔〕）	
冒號（：）	破折號（——）	

本章的目的，在把上列的標點符號整理出比一般寫作指導書籍裡更系統化的介紹。因此有些標點符號在論文裡雖然用不上，但是我們還是說明它們的用法。

句號、問號、驚嘆號

句號、問號和驚嘆號（又稱嘆號）都是用在句末的標點符號。

一、句號的用法

句號表示陳述句末尾的停頓，一段話要將意思完整表達後，才可以用句號作結。下例的原文有不當結束句子的問題，建議修訂把兩個句號以逗號代替，意思比較流暢：

原文	建議修訂
寫信時應該保持愉快和友善的態度。要放輕鬆，有如跟讀者隔著桌對談。把愉快的笑容加到所寫的每封信裡，不要太嚴肅。	寫信時應該保持愉快和友善的態度，要放輕鬆，有如跟讀者隔著桌對談，把愉快的笑容加到所寫的每封信裡，不要太嚴肅。

不論字數多少，只要是一個意思獨立而完整的句子，就該用句號作結。

下例就犯了「一逗到底」的問題，建議修訂把其中兩個逗號以句號代替，讓文意不那麼破碎：

不妥	建議修訂
有些人沒有辦法寫好論文，其原因不在寫作能力欠佳，而在沒有以讀者為本位，從事任何種類的寫作，重要的是要能激起讀者的共鳴，作品的成敗關鍵在於讀者，因此不要太在乎自己的文采有沒有好好表露出來，而該花精神在考量讀者的接受程度。	有些人沒有辦法寫好論文，其原因不在寫作作能力欠佳，而在沒有以讀者為本位。從事任何種類的寫作，重要的是要能激起讀者的共鳴。作品的成敗關鍵在於讀者，因此不要太在乎自己的文采有沒有好好表露出來，而該花精神在考量讀者的接受程度。

中文裡標點符號的用法要比英文中的標點符號用法有彈性得多，因此，某些地方到底要用句號還是逗號，有時並不那麼明顯。

二、問號的用法

　　問號表示疑問句（包括詢問、責問、反問等的句子）末尾的停頓，疑問句。問號除了用在問句之後外，還可以用在事實並不明顯的時候，例如：

1. 時間旅行是否可能？
2. 時間是不是只朝一個方向流動？
3. 時間有起點或終點嗎？
4. 能不能停止時間的流動？

　　用疑問句表達自己的看法時，答案雖已含在問句中，但還是有存疑的味道，因此肯定形式也稍帶有否定意思，反之亦然：

1. 不會是東窗事發了吧？
2. 他應該是不想幹了吧？

　　問號用於選擇問句（由兩個或以上詞句組成以提出數個問題的問句）：

　　你想喝茶？酒？還是咖啡[1]？

1　亦可作：你想喝茶、酒，還是咖啡？

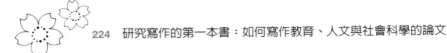

對某一敘述有疑問時的用法：

1. 由馬斯洛（？）[2]的需求論旨在說明人有自尊需求的渴望。
2. 由馬斯洛的需求論（？）[3]旨在說明人有自尊需求的渴望。
3. 屈原（西元前 340 ？[4]—西元前 278）名平，戰國時楚人。

有的句子雖然有疑問詞，但全句並不是疑問，末尾不用問號。例如：

　誤：他請我問你有什麼事？
　正：他請我問你有什麼事。

有一種常見的錯誤：

　誤：這件西裝料可是純毛的呢？
　正：這件西裝料可是純毛的呢。

「呢」字與問號並非一體，這類的句子是否加問號，端看「呢」是不是跟在疑問句後面，而不是不問黑白地「呢」字後面隨手加上問號。

2　（？）在此表示不太確定是否為「馬斯洛」所提出。
3　（？）在此表示不太確定該理論是否稱為「需求論」。
4　？在此表示不太確定該年代是否正確無誤。

三、驚嘆號的用法

　　驚嘆號多用在用在感嘆句及祈使句句尾以表示強烈的感情，例如：

> 1. 走著走著，天竟忽然亮了！
> 2. 沒有一樣東西不是由意識形成的！
> 3. 他一面走一面嚷：「楊柏死了，我也不活著！」

　　驚嘆號是個較少使用的標點符號，因為，除了真正要表達驚嘆性質的句子外，它都可以用句點取代，
　　在驚嘆性的字或詞後面也可以用驚嘆號，例如：

> 唉！　　　哎呀！　　　　來吧！
> 啊！　　　天哪！

　　無論是喜哀或樂，只要帶有強烈感情，均會在句尾用嘆號。例如，表示祈求或命令：

> 求求你！
> 不許走！

　　用在單獨成句的敬語後面：

> 恭喜！恭喜！

用在呼叫語句之後以強調呼喚的對象：

> 兄弟們！開工吧。

逗號、分號、頓號、冒號

　　逗號、分號、冒號和頓號都是把完整句子分開的標點符號，其中逗號是一般性的，其餘三種符號都各有其專門的用途。另，除冒號外，它們分開的效果依頓號、逗號、分號而漸強。

一、逗號的用法

　　逗號是中文裡最常用的標點符號，它是比句點要弱的斷句標點，表示句子中的一般性停頓，下列是逗號的一般用法。

　　在句子較長而意思還沒完成時，可用逗號做停頓。例如：

> 　　這些自認為捍衛科學的人士從沒有想過，科學的方法除了包括「從否定的方向去尋出反證」，也包括了「從願意相信的方向上去尋找證據」。

　　逗號用在各小句之間，有停頓作用。例如：

> 　　長久以來，人們對靈異現象存有歧異的看法，有人深信，有人不置可否，而有人則斥之為迷信。

　　在「所以」、「因此」、「但是」、「於是」、「然而」等連接詞後面

用逗號，可以舒緩語氣。例如：

> 1. 好戰的結果自然是戰爭，但是，如果痛恨或害怕戰爭，會不
>   會就可以避免戰爭呢？
> 2. 愛好和平與害怕戰爭是有一段距離的，然而，能體認到這一
>   點的人又有多少呢？
> 3. 所以，回憶時應該以愉快的事為中心，不要老是圍繞著不如
>   意的事情打轉，因為，即使自己的過去確實曾經千辛萬苦，
>   也沒有需要一直那樣悲戚下去。

在「首先」、「其次」、「第一」、「第二」、「一來」、「二來」等表
示次序的詞後面可以用逗號。例如：

> 　　首先，水真的能對人的不同的情緒有反應嗎？其次，水真
> 的會有記憶的功能嗎？再來，水真的能能分辨正邪、美醜、善
> 惡嗎？

二、分號的用法

由於有些複句意思較複雜，若用句號便會把完整的意思分割，但
逗號又不能突顯各分句之間相對獨立的意思，這時候就可以使用分
號。分號是介於逗號與句號之間的符號，它所表示的停頓比逗號大，
分號主要用來隔開並列的小句，它能將兩個有相互關係的概念分別標
示出來，而不像句號一樣把句子完全分離。例如：

堅信某種宗教的人，通常會認為自己所相信的才是真理，因而排斥其他可能更具意義的信仰；追求名牌的人，總能在沒有名牌商標的商品中「感受」到缺陷；任何人對於不想做的事情永遠找得到藉口不做，對於想做的事情，則永遠找得到時間去做；不同政治立場的人，永遠能在對方非惡意的言論中「感受」到敵意。

　　事實上，上例使用的分號都可以用句號代替，把各該小句分成獨立的句子。但是話說回來，分號能表示出兩個見解間的關係，想將句子斷得乾淨才使用句號，否則，使用分號會比較流暢。

　　中文標點符號的用法比英文標點符號的用法有彈性，比如說，以下的三種用法都是可以接受的：

1. 相信的人願意從任何蛛絲馬跡中，找出他們願意相信的證據__不信的人則堅持抽絲剝繭地，要把他們不願相信的東西推翻。

2. 相信的人願意從任何蛛絲馬跡中，找出他們願意相信的證據；不信的人則堅持抽絲剝繭地，要把他們不願相信的東西推翻。

3. 相信的人願意從任何蛛絲馬跡中，找出他們願意相信的證據。不信的人則堅持抽絲剝繭地，要把他們不願相信的東西推翻。

　　列舉說明時，每一條末尾都用分號，最後則以句號作結，例如：

1. 與其擔心會發生不好的，不如相信會發生最好的；
2. 與其做最壞的打算，不如做最好的準備；
3. 與其感嘆自己缺錢，不如把精神擺在要如何賺錢；
4. 與其擔憂自己的經濟狀況，不如相信自己致富的能力；
5. 與其著眼於不想要的方面，不如著眼於自己喜愛和想要的。

若各個列舉條目的結構比較簡單，便可用逗號取代分號，例如：

1. 做最好的準備，
2. 信任自己的能力，
3. 相信凡事富足有餘，
4. 著眼於自己喜愛和想要的。

分號與逗號都不可以使用於括號或引號內句子的句尾，這兩種符號都要放在括號或引號外面，例如：

原句	建議修訂
與其擔憂「船到江心補漏遲，」不如相信「船到橋頭自然直；」與其把眼光擺在尚未完成的部分，不如擺在已經取得的進展。	與其擔憂「船到江心補漏遲」，不如相信「船到橋頭自然直」；與其把眼光擺在尚未完成的部分，不如擺在已經取得的進展。

三、頓號的用法

頓號表示句子中並列詞語之間的停頓，它表示的停頓比逗號小，乃是用來隔開並列的詞或短句。例如：

> 　　由於心念、意念、信念和概念等各各具有不同的電磁特性，不妨想像它們是各具個性的眾生，那些造成人生順境和逆境的、似乎沒有形質的意識，在某一層面其實是可見、十分顯性而且形質俱在的「東西」。

　　其中，「心念」、「意念」、「信念」和「概念」就是並列的詞，「順境和逆境的」及「似乎沒有形質的」就是並列的短句，它們內部的停頓都用頓號來表示。

　　另外，並列的詞或短句之間若用了「和」、「或」、「而且」之類的連接詞，就不再使用頓號，例如，在「信念」和「概念」以及「十分顯性」與「形質俱在」之間就省去了頓號。

　　而約數在語音中是沒有停頓的，下例原句中的「一兩星期」和「七八公里」都是約數，因此「一」與「兩」以及「七」與「八」中間都不用頓號。

原句	建議修訂
・再過一、兩星期就開春了。	・再過一兩星期就開春了。
・還有七、八公里就到了。	・還有七八公里就到了。

　　使用疊詞時也不宜使用頓號，例如：

原句	建議修訂
・時間一天、一天過去。	・時間一天一天過去。
・這事應該一步、一步來。	・這事應該一步一步來。
・事情一件、一件發生。	・事情一件一件發生。

　　下例原句中的「來來去去」、「流過人的心裡」和「為人所感受」三個詞組停頓較大，故它們之間使用逗號比較恰當。

原句	建議修訂
思想和情緒來來去去、流過人的心裡、為人所感受，然後消失，只有在壓抑它們的時候，它們才會累積起來，形成問題。	思想和情緒來來去去，流過人的心裡，為人所感受，然後消失，只有在壓抑它們的時候，它們才會累積起來，形成問題。

四、冒號的用法

　　冒號表示提示性話語之後的停頓，用以引出下文，旨在提醒讀者注意下文，或表示以下文字是說明，像「如下」、「例如」等引起下文的詞語後面就應使用冒號：

被植入間諜軟體的徵兆如下：
1. 上網時，常常會有許多廣告視窗自動跳出。
2. 發現自己的網路帳號密碼好像被人盜用。
3. 首頁被改成奇怪的網頁，而且無法改回原設定值。

　　演說前的稱呼語及書信的開頭敬稱之後，可以用冒號，例如：

各位師長：
親愛的媽媽：

　　總括性文字後面有列舉時：

本地的三大特產：茶、咖啡、葡萄酒。

作者姓名和書名之間：

葉乃嘉：《愛情這東西你怎麼說》

先提出項目，後面列出項目說明：

主題：心靈與意識
主辦：新時代超心理學會
主講：葉乃嘉教授
日期：2008 年 6 月 3 日
時間：上午 8:30－下午 4:30
地點：明道大學

引號、括號

引號、括號是在句子中引述或插入別的敘述時使用。

一、引號的用法

引號多用來標明行文中直接引用他人的敘述，目的在把該敘述和作者自己的敘述區分開來，引號內的敘述完全來自他人。例如：

孫儲琳女士敘述：「與植物溝通了之後，你就會發現植物是有情感的，是有靈性的，它們會把自己的喜怒哀樂告訴你，會向你傾訴他們的各種情感和願望，我在大量的實驗過程中有許多與它們交流，溝通的體驗。」

把具有特殊涵義或需要著重論述的詞加上引號可以引起注意。例如：

1. 別讓未可知的「非科學」墮落成受人訕笑的「偽科學」，才是那些真實特異現象的相信者們所值得走的路。
2. 由於「念以類聚」的關係，相同性質的「念」就會「成群結黨」，乃至各擁山頭，排斥與它們有明顯衝突的「異類」。

還有，含有戲謔意味的詞可以加上引號。例如：

1. 他正在「用功」打電子遊戲。
2. 這人已經在廁所裡「練功」很久了。
3. 讓喜歡重金屬音樂的人與樣本水一起「享受」重金屬音樂，讓對巴哈的音樂感到不耐煩的人與樣本水一起接受巴哈音樂的「疲勞轟炸」。

此外，引用詩、名言、諺語時都該加上引號。例如：

1. 環境貧寒的人可能會以清高為是，灌輸自己「錢不是好東西」的觀念，轉而瞧不起有錢人。

2. 任何人如果沒有足夠的警覺「時時勤拂拭，不使惹塵埃」，那些前來「投誠」的「外來信念」可能會在原來信念的周圍自行滋長，直到這人再也無法辨認自己「原始信念」的本來面目。

解釋或使用特殊名詞的時候應該用引號把該名詞標出來，例如：

「相信」是種極為強大的力量，由於相信時間能困得住我們，因此我們就為時間所困。

引號分為雙引號及單引號兩種，若在單引號裡面，還要用引號，則要用雙引號。若單引號裡已用雙引號，雙引號裡又要用引號的話，就要用單引號，例如：

《淮南子》：「東北極有人名曰『諍人』，長九寸。」所謂的「錚人」，乃是一種肢體比例與常人相似的小人。

把引用的敘述獨立使用時，末尾的標點放在引號內：

禪家說：「大疑大悟，小疑小悟，不疑不悟。」只有在持存疑保留的態度，把某些根深柢固的信念當作是一般觀念、成見甚或是偏見，而不硬把它當成事實的時候，才可能發現它的謬誤。

把引用的話作爲作者自己的話的一部分時，則末尾不用標點：

> 禪家說過「大疑大悟，小疑小悟，不疑不悟」這種話，要人把某些根深柢固的信念當作是一般觀念、成見甚或是偏見，而不硬把它當成事實。

引用他人的敘述時，若是直接引述，則句末標點符號應置於引號之內，否則應置於引號之外，例如：

直接引述	非直接引述
1. 他說：「你怎麼又遲到了？」	1. 他是不是說「你又遲到了」？
2. 他說：「你又遲到了。」	2. 我只聽到他說「你又遲到了」。
3. 他說：「你又遲到了！」	3. 別再讓他說「你又遲到了」！

二、括號的用法

在文章中插入解釋、指示或補充說明時可使用括號，目的在透過括號內的註釋使讀者清楚了解該文的意思。例如：

> 意識先天具足雙向的功能，它既可以參觀外境（例如鑑賞山河大地），又可以探視自己的內涵（例如探討自己到底在想些什麼），既可以集中一處（例如全神貫注地解數學習題），也可以轉向無限種方向（例如邊欣賞影片看字幕、邊聽配樂邊哼歌，還會抽空吃點零食抓抓癢等等）。

句內括號裡的敘述旨在註釋句子裡的某個字或詞，它出現在句子

內部，緊貼在被註釋的詞語之後。例如：

1. 電影神鬼第六感（The Others）就是描述陰陽兩界眾生因為昧於對方的境界而互相造成滋擾的情形。

2. 催眠師把一位客人（且稱他做湯姆）深度催眠之後，告訴湯姆室內有一隻長頸鹿，湯姆就像真的看到長頸鹿一樣目瞪口呆。

3. 《意識與時空的探索》（《心靈與意識》續篇）於 2008 年 3 月正式出版。

句外括號裡的話旨在註釋整個句子或段落，要放在句末或段末的標點之後，表示所註釋的是整句或整段，而非特定的單字單詞。例如：

　　在一次實驗中，黃豆向她抱怨說太擠啦；另一次實驗中，則有花生向她傾訴痛苦；又一次實驗裡，紅豆幫她指出稱謂的錯誤；還有一些種子向她表達萌芽時的衝動，脫水時的乾渴，訴說苦惱，展示萌芽過程機裡的經驗；甚至有些種子要她符合另一些條件，才能發芽。（全文見 www.renminbao.com/rmb/articles/2001/1/3/　9106b.html）

使用序號來標明項目時，各序號應使用括號，例如：

大家是否思索過這些時間的話題：
(一) 時間是什麼？
(二) 現在又是什麼？

㈢ 時間是從哪裡來的？

㈣ 現在又是在哪裡？

㈤ 時間一直都存在嗎？

　　括號通常都是用一對，但也可以只放括號的右半邊「）」在各該項目編號之後。例如：

1) 上網速度變慢或者會自動當機。

2) 常有陌生人寄來的 email。

3) 瀏覽器出現自己不記得下載過的程式元件。

　　括號內的補充性說明中若需要插入另一個補充說明，則可以使用方括號，例如：

　　以一地無鬼，遂斷天下皆無鬼；以一夜無鬼，遂斷萬古皆無鬼，舉一廢百矣。(閱微草堂筆記卷十四《槐西雜誌四》第十二篇〔全文見附錄一〕)。

　　方括號的另一項使用場合是在導出附註之用，例如：

　　問卷調查法具有普遍性與一般性，常用來檢定研究對象所報導之品質成本金額之間的關連性〔Chauvel and Andre, 1985〕。

　　在括號內使用任何其他標點符號的方法與各該標點符號在括號外

的用法完全相同，但當括號內的句子屬於主句的一部分時，句尾的標點符號應出現在括號之外：

> 　　大部分的人在轉世中會轉變行業、生涯和興趣，但有些人則傾向於保持一貫性（例如多生多世出家，或是為人師表等）。

括號內的句子獨立於主句時，句號應該置於括號內：

> 　　人類身在一個處處生機的環境中，任何存在的東西──不論是礦物、植物、動物──都各自具有意識，一切物質中的原子、分子乃至自然界中的一切基本粒子都具有自己的意識、知道自己的存在。（見葉乃嘉著，《心靈與意識》，商務，2005。）[5]

注意，括號內的句尾絕不可以出現逗號，逗號應打在括號外，例如：

> 　　在「時間面」上，現在是一條線（見圖 3-4），而線是由無數的點所集合而成，因此可以設想「現在線」上有無數的「現在點」。

---

[5]　表示引文出處。

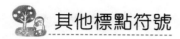 ## 其他標點符號

一、破折號的用法

　　破折號標明行文中解釋說明的語句，「破」表示打斷現行敘述，「折」則表示將意思轉到另一方向。故破折號可使用在文章中語氣有所轉折的時候。

　　行文中解釋說明的語句通常用一個破折號引出，例如：

> 　　「隱性文明」——亞特蘭提斯大陸、桃花源等——乃是不在人類意識知覺範圍內的世界，人也許要靠夢或非意識的層面來感知那些文明。

　　下例的句 1 中破折號緊接「高級茶葉」之後，表示後文是解釋。句 2 中的註釋出現在句子中間，便要在註釋前後各用一個破折號。

　　破折號與括號的作用類似，但破折號引出的解釋說明是正文一部分，是不可分割的（如句 1 與句 2），而括號的解釋並非正文，只供參考閱讀，故即使刪除，亦不會影響正文（如句 3）。

> 1. 這是享譽兩岸和日本的高級茶葉——凍頂烏龍茶[6]。
> 2. 凍頂烏龍茶——南投凍頂的名產——享譽兩岸和日本，是高品質的茶葉。
> 3. 凍頂烏龍茶（南投凍頂的名產）享譽兩岸和日本，是高品質的茶葉。

---

[6]　不宜作：「這是享譽兩岸和日本的高級茶葉（凍頂烏龍茶）。」

破折號還有其他一些用法，例如表示聲音的延長：

1.「嗚——嗚——」好像有人在哭。
2.「吱——」一聲，門開了。
3.「咻——」地一箭射來。

破折號也用在歇後語中間，以表示謎面和謎底的關係：

1. 張飛賣刺蝟——人強貨扎手
2. 外甥打燈籠——照舊

此外，破折號也用在副標題之前以補充正標題：

1. 中英雙向翻譯新視野——英文讀、寫、譯實務與體例
2. 中英論文寫作綱要與體例——研究報告與英文書信規範

二、省略號的用法

省略號一般是由兩個三連點所組成，可以放在文中任何部分，用以標明省略了的文字。例如：

1. 十年前如果他選擇繼續進修，說不定……
2. ……這瞿塘水性，出於《水經補注》，上峽水性太急，下峽太緩，惟中峽緩急相半，

以省略號標明的省略，常見的有兩種，一種是引文的省略，一種

是列舉的省略。

列舉省略的用法，是先列出若干項，然後用省略號表示還有些項目尚未列出。例如：

> 人類的無止境開發，不但威脅到其他可見的生物或無生物（如：蟲、魚、鳥、獸、花、草、木、石……）的生存環境，也影響到了其他一些「不可見眾生」的棲止空間。

引文省略則用於只引述他人敘述的一部分時，未引用的部分以省略號表示略過。例如：

> 這位有預知能力的人自己說：「腦子裡好像有許多小格子……別人說出一個字，某個格子裡就會出現那字的形象。」

重複省略乃是用省略號表示尚有些重複的話。例如：

> 生命是一種學習的過程，人人自己寫程式、自己執行、自己除錯修正、再執行……直到完成一個無錯的程式。

此外，說話時斷斷續續的語氣也用得上省略號。例如：

> 老師扶扶眼鏡慢慢說：「一年一度……一年一度……聖誕節……一年一度，情人節……一年一度，生日……也是一年一度。你們貪玩總要找藉口，我問你們，哪一天不是一年一度？！」

另有以四個三連點（‥‥‥‥‥‥）表示的省略號，亦即「連珠號」，放在段落之間表示省略了若干段。例如：

　　　　有些垃圾信傳播來源不明的傳說，結合了扭曲的事實，往往難以求證，通常是爲了引起情緒化的反應，類似下述的信件：

1. 你只需要在家中上上網，便可以賺過百萬一年；
2. 絕不可飲可樂，因爲它比胃酸更酸，可以溶掉你的牙齒與骨骼；
3. 肯德基賣的不是雞，而是用試管泡製的像雞肉的東西；
4. 戲院椅上可能有放有愛滋病毒的毒針；
5. 酒吧裡可能有美女用美人計騙去你的腎臟；
‥‥‥‥‥‥

　　省略號與「等」的作用相類，因此要是用了省略號，後面就不要用「等」，反之亦然。例如：

誤：在他方有那麼一個世界，當地的眾生也不時在討論到底人這種東西存不存在，就像我們討論龍、鳳、麒麟‥‥‥‥等是不是眞有其物一樣。

正：在他方有那麼一個世界，當地的眾生也不時在討論到底人這種東西存不存在，就像人們討論龍、鳳、麒麟‥‥‥‥是不是眞有其物一樣。

正：在他方有那麼一個世界，當地的眾生也不時在討論到底人

> 這種東西存不存在，就像我們討論龍、鳳、麒麟等是不是真有其物一樣

三、連接號的用法

連接號將意義密切相關的詞語連成一個整體，即是把兩個或以上的相關詞（如：時間、地點或數目等），用連接號組成一個新的意義單位。例如：

1. 王鳳儀（1864-1937）名樹桐，熱河省朝陽縣人。
2. 淡水—關渡[7]地區的紅樹林帶
3. 臺北—高雄[8]直達車
4. 氣溫：20−24°C

連接號還有一種波紋（～）形式，一般只用來連接相關的數字。例如：

1. 蘇軾（1036～1101）字子瞻，自號東坡居士。
2. 今日氣溫：20～24°C
3. 凍頂烏龍茶每斤 1,500～3,000 元[9]

---

[7] 此處表示一個地理區域。

[8] 此處表示兩地區間。

[9] 此處標明產價格幅度。

另外，表示行進路線和遞進發展都用得上連接號。例如：

1. 上次旅遊的路線是臺北－東京－檀香山－舊金山－紐約。
2. 這門課的進程可分為初階－中階－高階。

四、書名號的用法

書名號用來標明書本、報刊雜誌、篇章、戲劇、歌曲等的名稱。
例如：

1. 報刊雜誌：《蘋果日報》、《壹周刊》
2. 詩文：《登黃鶴樓》、《師說》、《秋聲賦》
3. 戲劇或電影：《無間道》、《關鍵報告》
4. 歌曲：《塵緣》、《用心良苦》
5. 報告文件：《國科會補助社會科學專書寫作計畫作業要點》
6. 書本：《研究方法的第一本書》、《中英雙向翻譯新視野》

書名號可分雙書名號與單書名號，書名號中若還要用書名號，則
外面須用雙書名號，裡面則用單書名號。例如：

1.《〈知識管理〉讀後記》
2.《評〈藍海策略〉》

二、科學記號、數字字根和縮寫符號

　　科學記號所有數字都用 10 的整數乘冪表示，小數點前只能有一位數。這裡舉出常用數字的拉丁字根，讓讀者清楚科技和電腦用語中的「奈米、KB、MB、GB」等的來路。

數　字	字　根	縮　寫	實　例
10^{-18}	atto	a	——
10^{-15}	femto	f	——
10^{-12}	pico	p	——
10^{-10}	angstrom	Å	Å（埃）
10^{-9}	nano	n（奈）	nm（奈米）
10^{-6}	micro	μ（微）	μm（微米）
10^{-3}	milli	m（毫）	mg（毫克）
10^{-2}	centi	c（釐）	cm（釐米）
10^{-1}	deci	d（分）	——
10	deka	da（十）	——
10^2	hecto	h（百）	——
10^3	kilo	k（千）	kg（千克）
10^6	mega	M（百萬）	MB（百萬位元）
10^9	giga	G（十億）	GB（十億位元）
10^{12}	tera	T（兆）	TB（兆位元）
10^{15}	peta	P	——
10^{18}	exa	E	——

三、參考資料常用縮寫字表

　　在參考資料或參考書目中有許多常用的縮寫字，這些縮寫字有英文字也有拉丁字，我們寫論文或報告時雖然未必用得上所有的常用縮寫字，但在閱讀別人論文時多少可能會碰到，所以我們把這些常用的縮寫字列表（斜體者為拉丁字），以供參考。

　　無論用英文或拉丁字縮寫，在同一論文的參考資料或參考書目中定要前後一致，即，若已在前文中用了 see 就應一路用到底，不應在後文中改用 cf.、confer 或其他同義字。

縮　寫	意　義
anon.	作者佚名
bk. 或 bks.	book（s）書
c.（*circa*）	某個日期（指大約某個日期）
cf.（*confer*）	比較（或用英文 see）
ch. 或 chaps.	chapter（s）章
col. 或 cols.	column（s）欄
ed.	edit/edition 編輯或版本
e.g.	例如（或用英文 for example）
enl.	擴展
et al.（*et alii*）	其他（數作者中可用第一作者姓名加 et al.）
f. 或 ff.	下文一頁或數頁，即所指之頁碼後數頁
Ibid.（*ibidem*）	在同一作品中（指上項附註已註明的作品）
id.（*idem*）	同上
i.e.	即（同英文 that is）

il. 或 illus.	illustration（s）插圖
infra	以下（指下文所討論的）
Intro.	introduction 引論
l. 或 ll	line（s）行
loc. cit. loco citato）	前已註釋（前文已述明參考資料來源）
MS.	manuscript 手稿
n. 或 nn.	note 註腳
n.d.	no publishing date 無法確定出版日期
n.p.	no publishing location 無法確定出版地
no publ.	no publisher 無法確定出版者
op. cit.（opera citato）	前已引用（加上作者姓名）
p. 或 pp.	page（s）頁
par. 或 pars.	paragraph（s）段
passim	在不同處（在同作品中已提過數次）
pref.	preface 前言
pseud.	pseudonym 假名
pt.	part 部
q.v.（quod vide）	參看（同英文 see）
rev.	revised 已訂正
see	參看
seq.（sequentes）	下文（同英文 f. 或 ff.）
supra.	以上（該項目上文已討論過）
Tr. 或 trans.	translator/translation 譯者或譯文
vide.	參看（同英文 see）
Vol. 或 vols.	volume（s）卷或冊數

四、羅馬數字與阿拉伯數字對照表

　　羅馬數字中沒有零，傳統上並不作爲計算之用，它書寫起來極爲耗費空間，判讀起來又費周章，可是沿用已久，如今雖然已經日漸式微，正是所謂的「食之無味，棄之可惜」，但是爲了方便查閱，遂臚列於此。

羅馬數字	阿拉伯	數字	羅馬數字	阿拉伯	數字
I	i	1	XXI	xxi	21
II	ii	2	XXIX	xxix	29
III	iii	3	XXX	xxx	30
IV	iv	4	XL	xl	40
V	v	5	XLVIII	xlviii	48
VI	vi	6	IL	il	49
VII	vii	7	L	l	50
VIII	viii	8	LX	lx	60
IX	ix	9	XC	xc	90
X	x	10	XCVIII	xcviii	98
XI	xi	11	C	c	100
XII	xii	12	CI	ci	101
XIII	xiii	13	CC	cc	200
XIV	xiv	14	CD	cd	400
XV	xv	15	D	d	500
XVI	xvi	16	DC	dc	600
XVII	xvii	17	CM	cm	900

XVIII	xviii	18	M	m	1000
XIX	xix	19	MDCLXVI	mdclxvi	1666
XX	xx	20	MCMLXX	mcmlxx	1970

參考資料

1. Booth, V., "Communicating in Science : Writing a Scientific Paper and Speaking at Scientific Meetings," 2nd Ed., Cambridge University Press, March 1993.

2. Day, R. A., "How To Write & Publish a Scientific Paper," 5th Ed., Oryx Press, June 1998.

3. Friedland, A. J., C. J. Folt, "Writing Successful Science Proposals," Yale Univ Press, Mar. 2000.

4. Glatthorn, A. A., "Writing the Winning Dissertation: A Step-by-Step Guide," Corwin Press, Apr. 1998.

5. Gordon, B. D., C. A. Parker, "Writing the Doctoral Dissertation: A Systematic Approach," 2nd Ed., *Barrons Educational Series*, Jun. 1997.

6. Michael, A., "The Craft of Scientific Writing," 3rd Ed., *Springer Verlag*, Jun. 1997.

7. Sternberg, D., "How to Complete and Survive a Doctoral Dissertation," St. Martin's Press, Jun. 1981.

8. 葉乃嘉：《個人知識管理的第一本書》，松崗圖書公司，2007/7。

9. 葉乃嘉：《中英雙向翻譯新視野》，臺北：五南圖書出版公司，2007/3。

10. 葉乃嘉：《知識管理導論與案例分析》，臺北：全華科技圖書公司，2006/9。

11. 葉乃嘉：《研究方法的第一本書》，臺北：五南圖書出版公司，2006/7。

12. 葉乃嘉：《知識管理實務、專題與案例》，臺北：新文京開發出版公司，2005/8。

13. 葉乃嘉：《心靈與意識》，臺北：商務引書館，2005/4。

14. 葉乃嘉：《愛情這東西你怎麼說》，臺北：新視野出版公司，2005/3。

15. 葉乃嘉：《中英論文寫作綱要與體例》，臺北：五南圖書出版公司，2005/1。

索引

三劃

大綱　91, 93, 136, 192, 193, 196, 199

大綱層級　193, 195, 197

大綱模式　193, 195

工具列　193, 195, 196, 203, 213, 214

四劃

公式　171

分號　208, 224, 225, 226

引文省略　238

引號　230

文件引導模式　193, 199

文法　42, 129, 137

文獻　68

文獻探討　72, 73, 76, 81

文獻蒐集　90

方括號　234

五劃

主旨　38

主要項目　208, 209, 210

主動語態　32, 33

主題　37, 38, 51, 74, 76, 81, 92, 131,
　　136, 138, 192, 205

出版者　49, 93

加強詞　51

功能變數　206, 213, 214, 217, 218

句內括號　233

句外括號　233

句號　220, 226

本文　22, 29, 37, 41, 42, 54, 58, 105,
　　138, 173, 201, 203, 205

目次　95, 98

目的　26, 30, 33, 36, 38, 73, 75, 76, 78,
　　81, 82, 92, 138, 142, 150, 151, 152,
　　157, 159, 170

目錄　192, 193, 194, 195, 196, 197,
　　199, 201, 211

目錄製作　192

六劃

列舉　92, 133, 134, 158

列舉省略　237

次要項目　208, 209, 210

自動標記　209, 212

行距　92

西元紀年　54

七劃

序 67

序號 234

八劃

制式 82

知識管理 19, 55, 61, 77, 104, 105, 106, 107, 108, 112, 114, 115, 121, 125, 126

表格 142, 210

阿拉伯數字 67, 68, 106, 138

附錄 29, 97, 142, 173, 243

九劃

冒號 208, 210, 224, 229

前言 37, 148

括號 150, 227, 230, 232, 234, 235

架構 54, 73, 77, 83, 84, 92, 96, 129, 149, 151, 152, 167, 168

省略號 220, 237, 238, 239

相對時間 56

研究內容 72, 74, 82

研究方法 29, 41, 73, 77, 142, 152

研究主題 74, 81, 129

研究目的 72, 151

研究計畫書 70, 72, 73, 78

研究動機 73

研究報告 4, 23, 26, 74, 89, 243

研究程序 72, 83

研究結果 21, 22, 25, 49, 50, 55, 66, 88, 89, 92, 135, 138, 140, 151, 152, 157

研究範圍 84, 88

研究題目 73

背景說明 73

重複 35, 37, 129, 142, 157

重複省略 238

頁碼格式 208

十劃

修辭 36, 137, 138, 158

時程安排 73

書目 266

書名號 220, 240

書信 229

格式 19, 20, 21, 22, 23, 24, 28, 29, 30, 51, 73, 92, 129, 136, 193, 197, 198, 206, 208, 209, 214, 244

格式化 193, 214

破折號 236

索引 24, 97, 192, 194, 206, 207, 208, 209, 210, 211, 212, 213, 214, 218

索引功能 205

索引項目 206, 207, 208, 209, 210,

213, 214

索引製作　192, 205

十一劃

假設　24, 41, 42, 73, 82, 85, 118, 138

動機　19, 28, 57, 59, 60, 141, 186

參考文獻　55, 97, 106, 166

參考書目　129, 136

參考資料　73, 90, 105, 170

參照　194, 198, 202, 203, 204, 205, 208, 210, 211

問號　220, 222, 232

專題　94

第一人稱　25, 49, 50, 51

第二人稱　49

第三人稱　49

統計　26, 27, 66, 94, 96, 101, 138, 156, 175, 178, 179, 180, 181, 182, 184, 185, 186, 187, 189

通知　24

逗號　42, 224, 235

連珠號　238

連接號　220, 239, 240

章節附註　201, 202, 203, 204, 205

十二劃

單引號　230, 231

單書名號　240

報告　19, 22, 23, 26, 27, 30, 33, 37, 38, 40, 49, 62, 83, 85, 87, 88, 89, 93, 129, 130, 135, 142, 170, 175, 221, 244, 256

期刊　49, 54, 68, 74, 86, 173

程序　83, 153

筆記　18, 102

結案報告　73

結論　36, 37, 63, 64, 74, 79, 86, 88, 89, 92, 129, 135, 136, 142, 171

絕對時間　56, 111

註腳　92, 129, 136, 137, 192, 201, 202, 203, 204, 205

註解文字　201, 203, 204

註解參照標記　201, 203, 204, 205

量化　174, 175

量詞　51, 52, 159

開場白　131, 138

十三劃

節略字　52

資料分析　156

資訊檢索　51

預期結果　73, 76, 77

頓號　36, 220, 224, 227, 228

十四劃

圖形　213

撇節號　138

摘要　53, 62, 73, 75, 76, 98, 129, 136, 138, 142, 155, 245

網際網路　78, 90, 164

緒論　37, 98, 138, 141

語意　40, 41, 42, 43, 44, 45, 62, 66

十五劃

層級　193

數詞　42, 51, 52

數據　51, 57, 66, 75, 94, 114, 115, 159, 168, 170, 185, 188, 189

數據分析　22, 73, 142

樣本　76, 79, 156, 158, 161, 162, 163, 168, 170, 171

標示項目　213

標點　219, 220, 223, 235

標點符號　62, 129, 150, 219, 220, 223, 224, 235, 236

標題　20, 74, 82, 92, 131, 192, 193, 194, 196, 197, 199, 201, 208

標題樣式　193, 197

編碼　192, 204, 205

論文主體　63

論文計畫書　5, 73, 74

論文寫作　19, 23, 25, 29, 30, 52, 93, 192

十六劃

錯別字　46, 137

十七劃

縮寫　52, 53, 149, 155, 163

十八劃

歸納　94, 135, 142, 150, 153

簡化　61, 118, 126, 153

贅字　35, 36, 58, 59, 138

雙引號　231

雙書名號　240

題目　53, 73, 74, 75, 78, 141, 155, 156, 175, 182

十九劃

詞彙索引檔　209, 210, 211, 212

關鍵字　77

二十三劃

邏輯　63, 64, 65, 66, 115

驚嘆號　220, 223

Note

Note

國家圖書館出版品預行編目資料

研究寫作的第一本書／葉乃嘉著. －－二版.
－－臺北市：五南, 2014.06
　面；　公分.
ISBN 978-957-11-7595-9（平裝）
1.論文寫作法　2.研究方法
811.4　　　　　　　　　　103006266

1XFA　研究方法／論文寫作

研究寫作的第一本書

作　　　者 ― 葉乃嘉（323.2）

發 行 人 ― 楊榮川

總 編 輯 ― 王翠華

主　　　編 ― 黃惠娟

責任編輯 ― 盧羿珊　李鳳珠

封面設計 ― 童安安

出 版 者 ― 五南圖書出版股份有限公司

地　　　址：106台北市大安區和平東路二段339號4樓

電　　　話：(02)2705-5066　　傳　　真：(02)2706-6100

網　　　址：http://www.wunan.com.tw

電子郵件：wunan@wunan.com.tw

劃撥帳號：01068953

戶　　　名：五南圖書出版股份有限公司

台中市駐區辦公室/台中市中區中山路6號

電　　　話：(04)2223-0891　　傳　　真：(04)2223-3549

高雄市駐區辦公室/高雄市新興區中山一路290號

電　　　話：(07)2358-702　　傳　　真：(07)2350-236

法律顧問　林勝安律師事務所　林勝安律師

出版日期　2008年9月初版一刷
　　　　　2014年6月二版一刷

定　　　價　新臺幣350元